捉迷藏
音樂一停，
鬼就開始抓人囉，
躲好喔！
李慧星 著

前言

我知道我的身體有缺陷，不完美，
但那不是你攻擊我的理由，
請不要叫我「怪物」。
心理有缺陷的人，
永遠會為自己的霸凌行為找藉口。

王梓是一個身體有缺陷的少年，他有一雙長短腿。王梓在交通意外後，轉學到一所陌生的中學，幸好有同班同學豆腐人（竇芙），學生會會長唐僧（唐紳）和見習糾察隊員宋婕婕的幫助，他才能夠很快地適應新環境。

有一天，王梓發現自從意外大難不死後，他有了靈魂出竅的能力。他彷彿看見豆腐人被霸凌，被迫玩一場又一場心驚肉跳的捉迷藏，但畫面一直都看不清。於是，他便向豆腐人求證，但豆腐人極力否認。王梓覺得豆腐人對他有所隱瞞，他很想幫她，卻無從下手，只能在一次又一次的靈魂出竅時，看著她陷入痛苦和恐懼中。當他知道得越多，發現自己竟然也成為了霸凌的目標……

《捉「謎」藏》是李慧星在馬來西亞的第五本青少年長篇小說，故事內容依然以神祕、詭異的風格呈現，讓讀者投入在懸疑的情節之際，關注現時日愈嚴重的校園問題：霸凌。

校園霸凌也稱為校園暴力，霸凌者持續不停地用身體或言語對受害者惡意攻擊，造成他心理上的恐懼。大部分的受害者被霸凌時，因種種的原因而不敢反抗。這一些校園惡霸可以是個人，也可以是群體。受害人被欺凌時，會感到痛苦、羞恥、尷尬、恐懼，也極可能引發憂鬱症，所帶來的傷害不可忽視。現今科技的發達，更讓校園霸凌的魔爪伸向網路世界，頻聞霸凌者借網路以文字或多媒體攻擊受害人，因網路的廣泛及流傳迅速，結果對受害人所造成的傷害倍增。當同學們遭受校園霸凌時，千萬要記得：

不要因為害怕而逃避，勇敢對抗才能終止霸凌！

1

吱嘎——

刺耳的緊急煞車聲劃破了漆黑的夜晚。

砰！

但還是來不及了，駭人的巨響彷彿重重地錘了心臟一下。

他的軀體在撞擊的力量下拋上半空，然後再落在地面上，連續翻滾了好幾圈才停下。

肇禍司機驚魂未定，過了片刻才跌跌撞撞地下車查看。

「死了？我撞到什麼了？我是不是撞死人了？」司機面無血色的臉與滿地的鮮血形成強烈的對比。

「老公……好多血……」司機的太太捂著血紅大嘴，眼睛瞪得老大，假睫毛一根根地豎立，讓眼睛看起來大得詭異，她的眼淚快飆出來了。

「他……突然衝出來……我……」

「老公……報警……不、不！叫救護車……快！快啊！」司機的太太突然用高分貝的聲音尖叫。

他看見司機慌張地從口袋裡掏出手機，用顫抖的手指按鍵。

他看見一個少年躺在血泊中。

「好像傷得很重，不知道還救得活嗎？」他心裡擔憂。

他看見傷者的臉孔，那是個男生，很年輕，樣子很像……

「啊！他……他……怎麼會……是我？」目睹自己受重傷躺在地上不省人事，他無比震驚。

他這下才感覺到身體輕飄飄的。

他發現自己竟然飄浮在半空中，低頭一看，雙腳下是空的！

「啊啊啊啊啊啊啊！」接二連三的詭異畫面使他悸慄，驚叫聲充滿了恐懼……

2

王梓猛地睜開眼睛，四周白茫茫的一片。

「我死了嗎？這是天堂嗎？」這是他腦海中第一個浮現的念頭。

「王梓，你不可以英年早逝，你可還沒談過戀愛哦！」不知道為什麼，他在這個時候，竟然介意這一件事。

朦朧中，他看見旁邊還有其他人，一個高瘦，一個圓潤，那是爸爸和媽媽。他們好像在討論什麼嚴肅的話題，爸爸眉頭緊鎖，媽媽的眼睛紅腫，他們的模樣憔悴了許多。

他聽不清楚聲音，畫面也不是高清，感覺就像在看畫質不佳的電視。

「對哦，沒戴眼鏡！」他這才想起自己近視。

咦？不對。如果這裡是天堂，爸爸媽媽怎麼也在這裡？難道他們也死了？

聽人家說，人死了後是沒有形體的。

不知道為什麼，他伸出手指想要去戳媽媽的腰，他很想看看手指會不會穿過她那胖胖的腰。

王梓的動作引起了他們的注意，他們不約而同地轉頭望著他，露出的表情很複雜，有：驚訝、激動、歡喜、感動、緊張……

然後，四周一片騷動，更多人來了，更多表情出現了。

王梓迷迷糊糊的，眼皮一閉，繼續不省人事。

當他再度醒來的時候，其實是被說話的聲音吵醒的。

他繼續閉著眼睛，想裝睡偷聽說話的內容。

「醫生，我家寶貝兒子怎麼樣啊？昨晚他睜開眼睛一會兒後，到現在都還沒醒來……」王太太的聲音充滿了焦慮。

「王太太，我已經為他做了詳細的檢查，基本上，他身體上的傷已經沒有大礙，昏迷的原因是頭部遭受撞擊，造成大腦微出血。我已經把腦袋裡的血塊清除……」

「可是，為什麼他還昏迷不醒呢？難道昨晚的現象是迴光返照？要不要再全身徹底檢查一次啊？」王太太把所有的希望交託給醫生。

「老婆，你別胡思亂想，兒子一定沒事，一定會醒過來的！」王先生有點激動。

「可是，已經三個月了……」王太太說不下去。

「唉……」

「都怪那一場車禍……如果不是被那該死的車撞到，寶貝兒子現在就不會躺在病床上……」

「老婆，我不是跟你說了很多遍嗎？肇禍汽車裡的行車記錄器拍到兒子自己衝出馬路，也不知道為什麼他會在那裡，不是說去了生活營嗎？」

「王先生、王太太，王梓什麼時候能醒，現在只能看他的意志力。但是，身為一名腦部專科醫生，我必須告訴你病人的情況，如果他求生的意志不強，那麼……」

「那麼什麼？」王太太的神經立刻緊繃。

「那麼，他就會一直躺在床上，依靠醫療儀器延續生命，直到他身體裡的器官衰竭……」醫生解釋。

「那不就是……植物人？」王太太的情緒在崩潰的邊緣，「寶貝你的命真苦啊……腳長成這樣，現在還……」

聽到這裡，王梓再也忍不住了。

「媽，我醒了！我醒了！」他想要大聲喊，但是發出來的聲音很微弱，覺得口腔和喉嚨很乾。

「嗚……」王太太只顧著號哭，完全沒察覺到他張開眼睛。

「媽……」王梓嘗試大聲一點。

「嗚……嗚？」王太太猛地抬起頭，「什麼聲音？」

「媽……」

「啊，寶貝！你醒了！你終於醒了！你覺得怎樣？哪裡不舒服？頭會疼嗎？手可以動嗎？腳呢？腳有知覺嗎？」媽媽激動得很。

「王太太！王太太！請你讓開一下，讓我為病人檢查。」醫生也心急。

「老婆，你先讓開，讓醫生檢查啊！」王先生好不容易把太太拉開。

「老公、老公！寶貝醒了！寶貝醒了！一定是我們的誠意感動了老天爺……」王太太激動得緊緊抓著王先生。

3

一開始的時候，是輕快、歡愉的……

沒一會兒，變得急促、煩躁……

咿——咿——咿——

最後，琴弦終於忍不住發出淒厲的尖叫！

小提琴像洩了氣那樣，垂在主人的身旁。

王梓一屁股坐在地板上，身體就往後倒，把雙腿伸直，大字般躺在地上，看著天花板發呆。

他在家休養已經快一個月了，再加上車禍昏迷的三個月，他已經四個月沒踏出屋外，除了去醫院檢查。

「啊——」在家除了上網，就是拉小提琴，王梓無聊得大喊。

再繼續這樣下去，他肯定會悶得發狂。

「寶貝，什麼事？哪裡疼了？是不是跌倒了？撞到哪裡？是不是頭？流血了嗎？媽媽帶你去醫院檢查！」王太太緊張兮兮地用她那豐腴的身體撞開門衝進來。

「我沒事、我沒事。你別緊張！」王梓也被她嚇了一跳。

「沒事？沒事幹嘛大喊？寶貝啊，你哪裡疼一定要告訴媽媽，別忍著啊！」王太太抓著王梓的身體，翻來轉去，上下前後不斷地檢查。

「王太太，你的兒子真的沒事，他只是悶得發慌，大喊大叫來發洩而已。」王梓抓著王太太的手，要她冷靜。

「哎喲！」

「什麼王太太？我是你娘啊！」王太太又氣又好笑，肥掌一把打在他的手臂上。

「哎呀，媽打疼你了？」王太太又緊張起來了，不住地揉搓王梓的手臂。

「不是那裡，是這裡……」王梓指著頭頂。

「頭？哎喲，不知道是不是車禍撞到的後遺症啊……」王太太緊張地把王梓的頭髮撥來又撥去。

「有沒有看到？」

「看到什麼？腫塊？傷痕？」

「有沒有看到黴菌？」

「美君？誰啊？你的朋友嗎？幹嘛突然提到你的朋友啊？」

「王太太，不是美君啦！黴菌！發黴的黴！」王梓有想哭的感覺。

「好好的，頭怎麼會長黴菌啊？頭皮倒是不少喲……」王太太正認真清理王梓的頭皮。

「唉……幾個月足不出戶，不見陽光，怎麼會不發黴？我感覺潮濕、陰暗……」

他邊說，邊抱緊自己的身體。

「哈哈哈哈，你很愛演哦？你真的以為自己是一塊麵包啊？而且還是過期發黴的……」王太太被他逗得不停地笑。

「媽——我想去上學！」

「哎喲，笑死我了……嗯、嗯，寶貝，在家休息不好嗎？你想念書，媽幫你請幾個家庭老師來教你，好不好？媽不想你太辛苦啊，你的腳跟別人不一樣，而且還剛發生車禍不久……」王太太心疼地輕撫王梓的左腿，凝視著他俊俏的臉孔，擔心單純的他會受委屈。

王梓的輪廓深邃，頭髮服貼偏褐色，眉毛濃密，睫毛長長，眼珠子淺棕色，鼻子高挺，嘴唇紅潤，皮膚白皙，身材高挑，有點兒瘦。

王梓的外祖父有一半的義大利血統，因此他跟媽媽一樣，長得整個混血兒的樣子，但他沒有媽媽的粗嗓子，他天生聲線比較細。

「我不要在家裡學習，我要到學校去，有同學，有老師、校長、訓導主任、學長，還有……校工。」王梓真的非常想念校園生活。

「呃……我有跟你爸爸商量過，他也想讓你回去上學。但是，我堅持要幫你轉學，以前那所學校不吉利，換一所學校，換來好運氣！」

「啊？你怎麼知道那學校不吉利啊？你有帶風水師去學校看哦？」王梓感到訝異。

「總之，我說不吉利就是不吉利！」

「好、好，就聽王半仙的，換新學校！」他擔心媽媽會反悔，趕緊答應。

「誰是王半仙？」王太太一頭霧水。

「呵呵……」王梓看著王太太只笑不語。

4

「發徽王子」終於呼吸到校園的空氣了！

衛思禮中學的校門熱鬧得很，學生們魚貫而入，朝氣蓬勃。

「寶貝，你真的不需要媽媽陪你進去嗎？」王太太把車窗降下，一臉不放心。

「老婆，兒子他不是說了很多次『不需要』嗎？你就聽他的，好不好？這裡是中學，不是幼稚園啊！」王先生拍拍王太太的手背。

「可是，這裡距離教室那麼遠，寶貝第一天上學，還不知道他的教室在哪裡，而且他的腳……」

「王太太，我沒問題的。找不到教室，我可以問人啊，放心。」王梓比了一個OK手勢，「爸，麻煩你載這一位高貴微胖的女士回去，再糾纏下去，我可要遲到了。」

「高貴就好，什麼微胖？你這小子這樣對你娘說話……」王太太又氣，又覺得好笑。

「一切小心。」王先生叮嚀王梓後，趁王太太沒注意，慢慢地把車子開走。

「欸？怎麼開車了？我還沒說完哪！」王太太驚呼。

王梓用力地揮手，看著車子駛遠了，才轉身一步一步地向校門走去。

他走路時獨特的姿勢沒一下子就吸引了眾人的目光，再加上一張陌生臉孔，學生們紛紛竊竊私語，不斷地轉頭看他。

「咦？怎麼會有個外國人？」

「他是我們學校的學生嗎？好像沒見過。」

「你們看，他走路的姿勢……」

「他的腿怎麼了？」

「沒見過他，轉學生嗎？好可惜啊，長得那麼帥氣，可是腿卻這樣子……」

「真的很帥喲！他的眼睛迷倒我了！」

「你看，他笑起來好可愛！啊，他跟我打招呼呢！怎麼辦？怎麼辦？」

「你們有發覺嗎？他長得很像少女漫畫裡的人物，感覺有一種……貴族……對！很有貴族氣質！」

「早安！」王梓大方地向他們道早安，露出淺淺的笑容。

若不是長短腿，王梓簡直就像是從漫畫裡走出來的混血王子！

打從出娘胎開始，王梓天生有缺陷：長短腿。左腿短，右腿長，相差了整整５公分。

他早已預料自己的出現會引起騷動，因為從小便受到周遭人異樣的眼光，但他樂觀面對，不介意人家對他的缺陷指指點點，因為他早已接受這事實，也習慣了，倒是王太太放不下。

王太太因為沒給兒子一個健全的身體，因此對他百般呵護，藉以彌補她心裡的愧疚，但開口、閉口都提及長短腿，時時刻刻提醒王梓他的與眾不同。

因為雙腿的長度不一樣，王梓沒辦法走得快，動作一快就很容易跌倒。

「應該要先去辦公室報到吧？」他停下東張西望，抓抓頭，不曉得辦公室在哪裡。

雖然旁邊人來人往，但沒人向前幫他，可能他們以為他是外國人，不敢貿然開口跟他說話。

王梓心裡想：找個學長問問吧！

他終於發現前方不遠處有一個學長，怔怔地盯著他看，於是便向他走過去。

「May I help you?」半路突然殺出一個胖胖的女生攔住他的去路。

「啊……」王梓嚇了一跳，一個不平衡差點兒撞到她。

「I am so sorry to...to...」胖女生急忙扶著他。

「沒事、沒事，沒撞到你吧？」王梓說。

「哈，原來你會講中文，我還在想，英語的『不好意思，嚇到你了』該如何說呢……等一下，我已經有了喜歡的人，你別愛上我哦！別以為你又帥，又貼心，我就會被你吸引哦，我可是不會移情別戀的！」胖女生劈哩啪啦講個不停。

「不可能……」王梓撲哧一聲笑了出來，心想他怎麼可能會對她一見鍾情呢？

「什麼不可能？」

「我說我不可能在幾秒內就愛上你啊！姐姐，你能不能告訴我辦公室在哪裡啊？」

「姐姐？好，這個包在我身上，讓見習糾察隊員姐姐帶你去！」胖女生拍了拍豐滿的胸口。

「見習糾察隊員……宋婕婕。」王梓這才看到她胸口的牌子上的名字，「你真的是姐姐呢！」

「你是混血兒嗎？看你的樣子，應該是轉學生吧？幾年級？叫什麼名字？」

「是。是。高一。王梓。」

「什……麼？」

「回答你的問題啊……你是混血兒嗎？是。看你的樣子，應該是轉學生吧？是。幾年級？高一。叫什麼名字？王梓。」王梓回答。

「很……好。」婕婕杏眼斜瞪。

「謝謝。」王梓真心道謝。

「但是哦，自稱王子，俗氣得很，有一些人以為自稱王子就會變成真的王子。」

「梓，左右結構，左木右辛，樹木的木，辛苦的辛。不是孩子的子哦。」

「你……好一個王……梓，姐會牢牢記住的。」宋婕婕既尷尬又懊惱。

「I am sorry to scare you.」王梓說。

「什麼？」

「剛才姐姐的『不好意思，嚇到你了』，英文版。」

「『I am sorry to scare you』，其實我會的，姐只是一下想不起來而已。」宋婕婕把眉毛挑高。

王梓微笑不語。

「快點走啦，帶你去辦公室後，我還要上課咧，不要害我遲到！」雖然嘴裡催促，但憐惜之心不由自覺地萌起，宋婕婕把腳步放慢，配合王梓的速度。

一路上，還是有很多人好奇地看著王梓，尤其是女生。

5

「各位同學，這是我們的新同學——王梓。他剛轉來我們學校，如果他有什麼困難，希望同學們能幫助他。」班主任介紹王梓。

「大家好。」王梓露出微笑打招呼。

「王子？我還國王呢！哼！」男同學的語氣很不屑。

「欸，就是他！我早上看到的帥哥！他竟然跟我們同班，我真的不敢相信哦！」

「好帥哦！他是外國人嗎？」女同學難掩心裡的興奮。

「啊，王子！我可以當你的公主嗎？」一名女同學竟然大聲問。

「哈哈哈哈！」

全班哄堂大笑，王梓也尷尬地報以微笑。

「要安排你坐在哪裡好呢？」班主任環視教室，想找一個合適的座位。

「拜託、拜託，坐在我旁邊！」

「喂，你當我透明嗎？他坐在你的旁邊，那我要坐在哪裡？」

「你就隨便找個位子坐啦，君子要成人之美嘛，你也不想毀了我的初戀吧？」

「初戀？你還真的情竇初開哦？」

「你們別吵，老師一定會安排他伴隨在我左右……」

「天還沒暗，你就開始做夢啦？」

「哈哈哈哈……」

「大家靜一靜。陳凱峰，你去跟黃冠硯坐。王梓，你就坐在竇芙旁邊吧，那座位出入比較方便。」班主任拍了拍王梓的肩膀。

竇芙突然聽見自己的名字，下一秒，她便成了全班的目光焦點。

「哇，他跟豆腐人一起坐呢！」

「羨慕死我了！」

「為什麼這一種福利永遠輪不到我？為什麼我的命那麼苦？」

「豆腐人那麼酷，萬一怠慢了我們的王子，他不來這裡念書了，怎麼辦啊？」

「你想太多了吧？」

「好想坐在他的旁邊，挽著他的手臂上課喲……」

「你花痴啊？有點兒矜持好不好？」

竇芙靜靜地坐著，眼睛盯著課本，沒在聽同學們的說話。

「他的腿……不會那麼巧吧？」王梓走過來時，她留意到了他走路的姿勢。

「嘿，豆腐人，請多多指教。」王梓跟竇芙打招呼。

「你認識我？」竇芙一怔。

「她們都叫你豆腐人啊！剛才老師也說你的名字是……豆腐？」這女生有別於一

般女生的性格，令人感覺冷酷，王梓覺得好奇。

竇芙全身的神經線立刻敏感地豎起來，她的皮膚黝黑，一直耿耿於懷，偏偏她名字的諧音跟豆腐一樣，別人一聽就想像是白白、滑溜溜的豆腐，這對她來說真是個天大的諷刺。

啪！

竇芙把一本簿子丟到王梓的面前，簿子上有她的名字。

「竇……芙……豆腐……原來是這樣！可是竇芙有點兒拗口哦，難怪同學們叫你豆腐人。我也可以叫你豆腐人嗎？」王梓認真地問她。

竇芙斜眼瞪著他。

「竇芙，王梓停學了幾個月，你是他鄰桌，之前的課業要協助他補上，讓他跟上你們的進度。」班主任吩咐。

「什麼？補習？為什麼他要坐在我隔壁？」竇芙心裡吶喊。

「拜託你了，豆腐……不，竇芙同學。我都說叫竇芙拗口了，奇怪，怎麼會有人取這樣的名字啊……」王梓還是不能接受。

「難道你的『王子』就很完美？」竇芙嘀咕。

「你願意跟我說話了？」王梓天真地看著她。

竇芙送了一個白眼給他，心裡感覺極度無奈。

「會長！會長！等我一下！」

唐紳轉過身子，看見一個圓嘟嘟，長得很可愛的女生氣喘吁吁地向他跑來。

「會長……幸好……你還沒回家……呼……呼……」宋婕婕的手裡拿著一個資料夾。

「宋……婕婕？」唐紳看到她的牌子，他對這女生沒什麼印象。

「對，我是見習糾察隊員——宋婕婕！這是副會長叫我交給你的報告。」婕婕雙手捧高資料夾，恭恭敬敬地遞給他。

「哦……謝謝。」唐紳接過資料夾，有點不習慣她的過度有禮。

「會長！」

「還有什麼事嗎？」

「會長，你……你是我的偶像！因為你，我從初中一開始就想當糾察隊員，但是沒被錄取，初中二也落選了。今年，我終於如願以償當上糾察隊員，可以追隨你，伴在你身旁！雖然還是見習階段，但我一定會順利通過試用期的，因為你是我強大的推動力！」宋婕婕連珠炮似的說出她的心聲。

「哦……是這樣啊。那婕婕同學，要加油哦！我對你有信心。」唐紳輕輕地拉起她的右手握一下，還單眼對她眨了一下。

「啊……」宋婕婕感覺身體在融化，「男神握了我的手喔……」

「再見囉！」、「唐紳甩了甩背包，帥氣地轉身走向校門，留下還在發呆的婕婕。

「我一定會加油的！我一定會的！」她對著已經走出校門的唐紳大喊，完全不理會別人的目光。

現在的女生都很大膽，對於表達自己的情感這一件事毫不畏懼。

一開始時，他很不習慣，後來漸漸接受，現在已經處之泰然了，誰叫他那麼受歡迎？

唐紳聽見他背後的喊叫聲，只是搖頭笑了笑，沒有停下腳步，直接開門上了一輛豪華休旅車的後座。

「唐先生，回家嗎？」

「嗯。」

休旅車平穩行駛，一直開到一個環境清幽，保安森嚴的高級住宅區，通過了好幾個保安站，才駛入一所豪宅。

「唐老闆回來了？」唐紳開車門的動作停了一下。

「我早上從機場載了唐老闆回來。」司機說道。

「嗯。」唐紳應了一聲便下車。

他一走進屋裡時，看見爸爸坐在客廳的沙發上，一邊跟唐太太聊天，一邊看著女兒手上的平板電腦，他坐在中間，構成一幅幸福美滿的家庭照。

「這一些、這一些，還有那一些……Daddy，你快看嘛，是不是很漂亮？」唐千晶挨在唐老闆的身旁撒嬌。

「你們少女的包包古靈精怪的，我哪兒會看啊？」唐老闆眼花繚亂。

「哎呀，我說漂亮就漂亮！我不管，下個星期你去法國的時候，一定要買給我啦！我的朋友都有了，只有我沒有，丟臉死了！」唐千晶嗔怒。

「千晶，你Daddy剛從美國回來，還沒適應時差，你別一直煩他啊！」唐太太體貼地看著唐老闆。

「好啦！好啦！知道了啦，我的寶貝。別生氣，生氣的樣子不美哦。」唐老闆立刻哄千晶，他最怕寶貝女兒生氣了。

「你一定要買哦，不然我就永遠不要跟你說話！」千晶雙手抱胸，把臉別去一邊，剛巧看見唐紳走進來。

「哥，你快來！Daddy要去法國，你有什麼要買的，快告訴Daddy！」千晶興奮地邀唐紳一起叫爸爸「代購」。

「是啊，男生不是很喜歡限量版球鞋嗎？這裡買不到的，叫你爸爸……」唐太太順口提議。

「我沒有什麼需要買的，謝謝。」唐紳目無表情地打斷她的話，說完就上樓去。

「我只是好心想問哥哥……」千晶就像被潑了一盆冷水，委屈地看著唐老闆。

「你哥哥可能累了，心情不太好。」唐太太嘗試為唐紳解釋。

「他就是這一副德性，對他好，反而擺臭臉給人看……」唐老闆看了心疼，立刻安撫兩個心愛的女人，「別理他，告訴Daddy，你還要買什麼？Daddy都買給你哦。」

唐紳把一切都聽進耳裡，每一個字都像針那樣刺在他的肉上，痛入心扉。

「他們才是一家人啊……我是什麼？我只是個外人……大集團主席的兒子又如何？住豪宅、坐大車子又如何？當上學生會會長又如何？名列前茅又如何？我只想要你看我一眼……關心我……」他不想再聽到片言隻語，進入房間後立刻把門鎖關上，彷彿這樣就可以截斷他們的話。

唐紳偌大的房間幾乎可以用「空蕩蕩」來形容，基本上，只有一張床、一個書架、一個衣櫃、一張書桌及一張椅子。

他躺在床上，看著天花板，冷氣呼呼地吹，把房間吹得冷冰冰的，眼皮也漸漸變得沉重，不知不覺就睡著了。

他還沒意識到剛才說的那簡單的一句話已經埋下了禍根。

7

砰！

唐紳被一聲巨響驚醒。

他睜開眼一看，發現房間裡一片凌亂，滿地都是他的東西，連衣櫃裡的東西全都遭殃，撒落一地。

剛才的巨響就是書架被推倒所發出來的聲音。

他對於眼前的景象沒有任何特殊反應，只是坐了起來，背靠床頭，眼神空洞地看著前方。

房間裡還有另一個人！

那個人意猶未盡，雙手拿起桌上的筆記型電腦，轉頭看著唐紳，發出冷笑。

砰！

筆記型電腦發出臨終前的哀號。

唐紳始終木無表情，甚至連眉頭也沒皺一下。

「哼，你要為你剛才的態度負責！」千晶狠狠地瞪著他，「竟敢讓我難堪？你別忘了，你還虧欠我，永遠都虧欠我！」

唐紳的眼神不由自主地移到她的左下臂，袖子蓋著的部位。

「你要記住，這醜東西是你送給我的，我從小就被人取笑，不敢穿任何沒袖子的衣服，都是拜你所賜！看吧！看吧！你的傑作！盡情地欣賞吧！」千晶把左袖子拉高，露出一塊直徑約2公分，凸出的鮮紅疤痕，在白皙的皮膚上，顯得特別明顯。

這鮮血似的傷疤剎那間好像長滿了刺，唐紳的眼睛覺得很痛，他緩緩地別過頭，不想正視。

「哎喲，唐紳，你怎麼又發脾氣了？還把房間弄成這樣？幸好你爸爸回公司開會去了，要不然……哎，你這孩子真是的。」唐太太一進來就誇張地嚷嚷，「哎呀，沒關係啦，房間亂了有女傭收拾，東西壞了還可以再買，反正你爸爸有的是錢，只要你高興就好！」

「媽咪，剛才他太過分了啦！」

「寶貝，他在你很小的時候，更過分的事都已經做過了，要不然你的手臂就不會有一塊『紀念品』了啊，又不是第一次……」唐太太看似安撫千晶，其實是在添油加醋。

「說起這疤痕我就氣，從小就像鬼魅那樣附在我的手臂，揮也揮不去！」千晶用力地抓著她的左臂。

「媽咪不是告訴你很多次了嗎？你哥他當時才三歲，不懂事，玩蠟燭時不小心才會發生意外的。幸好媽咪及時發現，把你抱走，要不然啊，你難逃毀容的厄運哦……

哎喲，那麼久的事還提來幹嘛呀？」

「媽咪，你說那最新科技的除疤手術，到底什麼時候才安排好？拜託你快一點，行不行？」

「寶貝，你的皮膚敏感，之前進行了幾次藥物手術，結果疤痕不但沒改善，反而惡化了，媽咪擔心死了，哪裡還敢胡亂找個整形醫生給你動手術？你Daddy已經聯絡了韓國最權威的微整形醫生，但對方的顧客實在太多，很多還是大明星咧，要排隊啊！」

「叫Daddy出雙倍、三倍或四倍的價錢啊！有錢就能解決很多問題，不是嗎？」千晶勢利的口氣令人咋舌。

「有錢當然沒問題！你Daddy會儘快安排的，你也知道，他最疼的就是你了，你要天上的星星，他都會想辦法為你摘下來哦。」唐太太瞄了唐紳一眼，「寶貝，你在他的心目中，是最重要的。」

「我不要什麼星星！我只要這鬼疤痕消失啦！」千晶繼續大發雷霆。

「好好好，疤痕消失，最好所有討厭的東西都消失哦！這裡的空氣令我呼吸困難，我們到樓下去，媽咪為你準備了馬卡龍當點心，吃了消消氣。」唐太太邊哄，邊把千晶帶出房間。

唐紳靜靜地看著唐太太演完戲，他知道她在說話給他聽，目的是讓他愧疚。

許多年來，他的內心確實極難受，多麼希望那一塊疤痕是在他的身上，而不是在千晶身上。

唐紳的媽媽去世後，唐老闆就娶了現在的唐太太，希望她可以照顧年幼的唐紳。

自從千晶誕生後，唐老闆的生意就越來越興旺，從一家小公司的規模擴展到現在的集團，他相信是千晶讓他鴻運當頭，因此溺寵她。

那一場意外……當時唐紳的年齡太小，印象很模糊。他只知道因為玩火肇禍，蠟燭掉下燒著千晶的嬰兒床褥，結果燒傷了她的左臂。

千晶的受傷令唐老闆對唐紳產生厭惡，不知怎麼的，常常看他不順眼，動不動就來一頓責罵，甚至痛打，即使犯錯的是千晶，不是唐紳。

唐紳默默地忍受爸爸、繼母、妹妹的無情對待，追根究底，若不是他，千晶的手臂就不會有一塊難看的疤痕。

「或許，這樣能令他們好過一點；或許，唯有這樣能補償千晶心靈上的創傷。」他的心裡這樣想。

但是，是否一味的隱忍就能平息他們的怒火呢？

唐紳想得太簡單了。

8

身體好輕……好輕……

感覺就像泡泡一樣，慢慢地向上升……

上升……再上升……升上天花板……

我會不會掉下去啊？

讓我試一試站直……

哎喲，動作太大了，現在變成翹高屁股趴著的醜怪姿勢！

咦，床上的那個不是我嗎？我在床上睡覺，那升上天花板的是誰？

我的手、我的腳、我的臉……對啊，我很確定，現在我摸著的是我自己，「我」是「我」！

呵呵，好奇怪的說法，好奇怪的夢。

我還是第一次在夢裡清楚知道自己在做夢，這感覺真的很怪。

飄啊……飄啊……

哇，飄出屋外了！

沒帶眼鏡，我的視線一片模糊啊！

幸好我沒懼高症。但，請問現在要飄去哪兒呢？誰可以告訴我？

咦，我怎麼站在地上了？

這是什麼地方？

四周好像有龐大的物體圍繞著，黑壓壓的好幾座，怪恐怖的，是山嗎？或是森林？

不對，腳下踩著的不是草，而是堅硬的混凝土地面，森林不會有混凝土地吧？

一陣冷風不知從哪裡吹來，吹得人家直哆嗦。

而且，這裡有一股難聞的異味，但說不出是什麼氣味。

這到底是什麼鬼地方啊？

這裡令人很不舒服，可以讓我回家嗎？

窸窣……窸窣……

啊，什麼聲音？

難道是……鬼？

不會真的有鬼出現吧？

窸窣……窸窣……

又來了！

感覺好像越來越靠近！

我什麼都看不見，不要過來、不要過來！

啊啊啊啊啊啊啊啊啊啊啊！

王梓的眼睛霍地睜開，發覺全身都是汗，驚魂未定。

他看見頭頂上的是房間的天花板，雙手觸摸到的是他的床，鼻子聞到的是房間裡冷氣加空氣清新劑的熟悉氣味……

知道了身處安全的地方，王梓頓時鬆懈下來，眼皮漸漸地變得沉重……

9

「高年組，你們在搞什麼？可以專注一點嗎？這棒操空中旋轉後跳躍的動作已經練了幾個星期，為什麼還是那麼笨拙，身體那麼不協調？竟然還有人會少做一個步驟！」歐陽教練對著一班十多歲的韻律操學員在發火，臉色鐵青，「寶芙，你來示範整支棒操舞蹈！」

歐陽教練是前國家韻律操選手，獲獎無數，退役後當少女韻律操教練，要求特別嚴格。

寶芙挺著胸從地毯上最角落處走到中央，穿著黑色貼身韻律操練習服的她，身材顯得高挑、均勻，長長的腿踏出優雅的步伐，宛如一朵含苞待放的黑玫瑰。

少女們紛紛向旁移動，挪出一個空間給她。

她的雙手分別握著韻律操棒，低著頭，閉著眼睛，充滿自信地擺好開場姿勢。

歐陽教練一播放音樂，寶芙一張開眼簾，身體立即隨著強烈的節奏靈活地舞動，柔軟但充滿力度，每一個動作都散發了強韌的活力，棒子就像是有磁力般，無論她如何揮動、擺弄，甚至拋向高空，最終都會回到她的手中，從沒失手落地。

竇芙的肢體動作與音樂完全融合。看著、看著，彷彿音樂因她的動作而產生，其他組別的教練和學員紛紛停下練習來圍觀，大家看得入迷，被這一場精彩的表演懾住了。

一個高空拋棒動作，竇芙在地毯上側翻了五個跟斗，速度快得驚人，她在最後一次的翻跟斗後以一字馬的姿勢坐下，雙手在兩旁平舉，把頭低下，當大夥還在驚歎當中，棒子已經完美地落在她的雙手。

竇芙猛然仰頭，把眼睛閉上，所有的動作停頓在音樂的最後一個音符上。

禮堂裡響起熱烈的掌聲，大家都被竇芙的表演所震撼。

她張開眼睛，俐落地起身彎腰行禮，微喘著氣回到地毯的角落處。

「謝謝竇芙。看到了嗎？我要的就是這一種水準！為什麼她做得到？你們做不到？高年組，你們的心思放在哪裡？手機？男朋友？或是聊八卦？」歐陽教練銳利的眼神掃過她的學生。

學員們個個低著頭，不敢迎接歐陽教練的目光。

圍觀的人見歐陽教練發飆，紛紛散開繼續練習。

「高年組，你們給我聽好，下個星期，我要每一個人都能掌握這舞蹈！清楚了嗎？今天的練習就到這裡結束，有參加團體賽的學員留下來，10分鐘後開始練習。」

「是，教練！」排成一列的學員微曲交叉站立的雙腿，向歐陽教練及助教們行禮。

賓芙拖著疲憊的身軀走到禮堂，一個人默默地收拾東西，準備去廁所更衣，與其他的女生零交流。

「Apple，你還在刷手機，小心人家打小報告哦！哼，人家被歐陽教練點名示範，紅人呢！我們要向她學習呢！」

「哎喲，對哦、對哦，一看到手機就忘了教練的話，被她看見可不得了！」Apple急忙收起手機。

「嘖，有什麼了不起的？我們的豔豔才厲害，這舞蹈她早就練熟了，只是今天剛好遇到生理期，身體不舒服，所以狀態不好！」芭芭拉的眼神斜視著賓芙。

「可是，剛才她的表演真的很精彩，我自問怎麼也做不到那麼完美……」Orange說道。

「對啊、對啊，尤其是節奏，抓得『神準』呢！」Apple也附和。

「你們兩個水果妹，說夠了沒？」芭芭拉怒瞪。

那一名叫豔豔的女生沒答腔，但把每一個字都聽進耳裡了，她的臉色非常難看，抿著雙脣。

「我不舒服，我要跟教練要求提早回家。」豔豔拎起背包就站起來，經過賓芙的身邊時看了她一眼，眼神充滿了不甘心。

「你就好囉，可以回家，待會兒我們還要練團體操呢！累死我了！」Apple哭喪著臉。

「誰叫我們不是教練的愛將，可以豁免參加團體賽？你只是一個沒有特權的小蘋果喲！」芭芭拉揶揄。

「對啊，只有愛將才有特權呢！」Orange猛點頭。

「知道就好，沒有特權的小鮮橙！哈哈！」Apple模仿芭芭拉說話。

竇芙隱約聽見她們的對話，但她一向獨來獨往，不跟其他女生交流，所以沒理會她們，她只想把心愛的韻律操練好。

她是特殊的，打從一開始加入韻律操隊，她就跟歐陽教練提出要求，不參與任何的團體比賽或團體表演，只想專注在個人表演。

「我只想要自己一個人表演。」竇芙的眼神很堅定。

起初，歐陽教練以為她太自我，嘗試說服她，但都不得要領，她堅持若不能答應這要求，她會選擇不參加。

竇芙是個難得一見的韻律操天才，歐陽教練只想要好好地栽培她，不想因為一些規則而親手毀了一個明日之星。

後來，教練發現竇芙並不是自我，而是根本不懂得與別人溝通。

她一旦投入表演，整個世界裡只有她自己，完全看不見其他人的存在，她和體操合為一體，呈現出完美的表現，每一次的個人賽都獲獎無數，歐陽教練也被她的氣勢懾服。

因為這樣，歐陽教練不再逼迫她參與任何團體活動。

但她沒料到，這決定讓其他的女生產生了嫉妒與不滿，而且這情緒竟然越燒越烈……

10

沙——

竇奶奶把一大袋的黃豆倒在塑膠盆裡，然後坐在凳子上，一顆、一顆地挑出黃豆裡的雜質和壞豆。

她得先準備好黃豆，明天一早才來得及做豆腐賣。

「哎喲……」年紀老了，竇奶奶挑沒一會兒就覺得腰痠背痛，膝蓋的關節也隱隱作痛，「真糊塗，老花眼鏡也忘了戴，難怪眼睛那麼吃力……」

正當她一手壓著膝蓋，一手扶著旁邊的桌子想要借力起身時，一副眼鏡已經遞到她的面前來。

「欸，補習回來啦？」竇奶奶從竇芙手中接過她的老花眼睛。

「嗯。」竇芙放下書包，蹲下就準備幫奶奶挑黃豆。

「呵！你別來亂，快去吃飯，吃了就做功課，你顧好你的學業，我的東西不需要你來做！」竇奶奶用手肘擋開竇芙的手。

竇芙再次伸手要拿黃豆，竇奶奶又一把掃開。

「叫你走開，聽見了嗎？這些豆不用你來理！」竇奶奶乾脆把盆子移開，不讓竇芙的手搆到。

賨奶奶總是很注重賨芙的學業，她要她把時間都放在課業上，為了讓她考取好成績，無論多麼辛苦，補習費多麼貴，她都會想辦法解決。

除了上學、補習、做功課、溫習，賨奶奶不允許她做其他的事，包括家務，更別說是做豆腐的累活兒。

賨芙無可奈何，只好站起身來，進房間去。

賨芙覺得她在家裡就像一個廢人，只會吃和睡，奶奶全力照顧她的飲食起居，但是，她卻辜負了奶奶的期望，因為她根本不是高材生的料子，無論她怎麼努力，補習補得多凶猛，成績頂多只達到B，跟A永遠有一大截距離。

她從書包裡拿出剛才在自助洗衣店清洗烘乾的韻律操練習服，心裡覺得愧疚得很，她根本沒去補習，而是去練韻律操了。

曾經好幾次，她告訴奶奶別再浪費錢給她補習，結果被痛斥了一頓。

她不明白為何奶奶要對她的學業那麼嚴格；為何要給她那麼大的壓力，逼迫她考取優異的成績；為何不能讓她以自己的方式來生活。

後來，她瞞著賨奶奶，自作主張停止了所有的補習，但還是假裝每一天都有補習。

她把練習服緊緊地抱在胸前，只有在韻律操的世界裡，她才能感覺到存在的價值，找到自信，把心裡的鬱悶抒發出來。

「如果……有一天，奶奶發現了我一直在隱瞞著她，她一定會很生氣吧？」

11

「王同學！」

王梓坐在石凳上，一口咬下三明治時，聽到有人在喊他的名字。

「婕婕？」

「乖，王梓弟弟。」婕婕拍了拍王梓的肩膀。

「你聽錯了，我不是叫你姐姐，我是說：婕——婕——因為吃著東西，所以講得不清楚，不好意思，令你產生誤會。」王梓吞下三明治，認真地澄清。

「你……嗯哼。」

「請問你叫我有什麼事嗎？」

「嗯，我是想跟進一下，你在學校還有什麼問題嗎？」

「跟進？」

「Follow up的意思，你不懂嗎？這也難怪，你是新來的學生，我告訴你哦，我這見習糾察隊員可是專業的哦，凡是經我的手處理的case，我都必須要跟進，看看問題是不是已經解決了。」

「這麼說，我就是你的case？」

「啊要不然咧？」

「我以為你是要跟我搭訕，很多女生都是用這種方法，而且上一次你說我又帥，又貼心……」王梓沒誇大，他真的很有異性緣。

「你以為我吃飽閒著沒事做哦？向你搭訕？我手上有很多case要跟進的，好不好？更何況，我已經名花有主了，我是不會變心的！」宋婕婕急著辯解。

「我真的很好奇，你的男神到底是誰啊？」

「他啊，比你帥氣，比你的身材好……更難得的是，人很好！雖然他的家境很富有，但是，我跟他之間在乎的是感覺，其他的對我來說，只是浮雲……」

「哦……高、富、帥，每一個無知少女的超現實夢中情人。」王梓下了結論。

「你亂講！他不是像那一些高富帥那麼庸俗，他的功課好，運動佳，才藝表現頂呱呱，而且……而且……他還是本校的學生會會長哦！哼，厲害吧？」

「風雲人物喲，他……真的是你的男朋友？」王梓上下打量身材圓潤的宋婕婕。

「姐跟他的關係，不是你等平庸之士可以理解的。」宋婕婕一臉高深莫測。

「哦，明白。神女有心，襄王無意。」王梓點點頭。

「你……你別亂下判斷，才不是那樣啦！喂，我是來跟進你的case的，幹嘛轉話題……」宋婕婕說到一半，突然打住了，雙眼盯著遠處某一個方向不動。

「嗯？」王梓察覺到她的變化，於是便循著她的視線望過去。

「是他……」

「誰啊？」

「唐紳啊。」

「唐僧？哦，你的男神。哪　個？哦，看到了，高高的那個。哇，那麼遠，你都能看見，是誰說愛情是盲目的啊？」王梓覺得很驚訝。

「因為我心中有他，我能感應到他的存在……」

「我只覺得，好像老鷹看到了獵物……」

「什麼？啊，他看到我了，他向著我走過來了！喂，姐警告你，待會兒你不要亂講話！」宋婕婕緊張得雙手不停地撫平頭髮，整理衣著。

「會長，早安。」宋婕婕的聲音從來沒那麼溫柔過。

「欸，宋……婕婕！早安。」唐紳打招呼，「怎麼樣？執行任務有什麼問題嗎？這同學是……」

「啊，他叫王梓，不是王子公主的王子，是木、辛，梓。剛轉來的學生，高一，樣子像混血兒，但不清楚是不是。因為他第一天來這裡時，我帶他到辦公室，所以他就是我的case，我剛才向他跟進了一下。呵呵……」宋婕婕連珠炮似的講不停，「王梓，他就是本校的學生會會長——唐紳，紳士的紳，不是僧人的僧。」

唐紳怔怔地看著王梓的臉，好像沒在聽聽婕婕在說什麼。

「哦，原來不是唐三藏。」王梓站起來禮貌地與他握手，「唐紳學長，你好。」

王梓感覺到唐紳的手心在微微泌汗，數秒後，他還沒把手鬆開，也沒說話。

「這唐紳學長……不是也對我有意思吧？」王梓的腦袋突然閃過一個念頭。

「哇噻，在陽光的照耀下，你們兩個不同風格的大帥哥真的很賞心悅目咧！」宋婕婕的眼神盡是痴迷。

「啊哈，是嗎？」唐紳這才回過神來，鬆開王梓的手，神情有點尷尬。

「一個是健美陽光型男，另一個則是溫文儒雅貴族型，只可惜啊……」宋婕婕搖頭擺腦。

「可惜？」唐紳問。

「可惜王梓的腿，一長、一短，要不就perfect！」宋婕婕惋惜。

「哦？」唐紳的目光移向王梓的雙腿。

剛坐回石凳上的王梓，下意識把雙腿合攏，然後重新站起來。

「啊，對不起……」唐紳覺得自己太失禮了。

「沒事，其實我不覺得有什麼不完美的。老天爺對我很好，給我一張好看的臉，而且，你看，只要我站著不走動，是不是完全看不出我雙腿的缺陷？」

「對哦，只要站著不動，你就是名副其實的王子——長短王子！」婕婕突發奇想。

「長短王子？這名字很不錯哦！我喜歡。」王梓完全不介意。

「你……真的不在意你的腿……」唐紳訝異。

「真的不在意，真的。女媧製造我的時候，可能覺得太完美了，所以就特意把我的左腿做短了幾公分，要不然全身上下都沒缺陷，怎麼對得起其他的人？何況，雖然是長短腿，但我還可以走動啊！而且，如婕婕所說，站著不動，還可以騙人呢。呵呵。」

「兄弟，我欣賞你！」宋婕婕用力拍了王梓的背一下，「有什麼問題，儘管找我，我一定會罩著你！」

「對，有什麼要幫忙的，你也可以找我。」唐紳打從心裡佩服王梓的樂觀，他多麼想像他一樣，擁有熱愛生命、積極樂觀的心態。

「會長好帥……」宋婕婕又用痴迷的眼神看著唐紳。

「謝謝你們，我應該沒問題的，呵呵。」王梓白了她一眼，心裡是滿滿的感動。

他只是覺得唐紳看他的眼神怪怪的，難道……唐紳真的喜歡男生？

12

「豆腐人，歷史真的要做那麼多功課啊？」王梓看著竇芙給他一大疊紙，都是之前已經完成的歷史功課，不禁叫苦連天。

「班主任要我告訴你之前我們所做過的功課，就是這一些，要不要做，隨你。」竇芙一直在注意教室裡的掛鐘。

「我要跟班主任商量一下，或許只做完數學的功課，其他科目的功課就選擇性來完成，要不然，我幾個星期都不能睡了……」王梓在自言自語。

「嗯。」

「豆腐人，你好像沒在專心聽哦？在想什麼？」王梓把臉靠近竇芙。竇芙嚇了一跳，身體往後傾，她可不習慣跟異性那麼靠近。

「你……我不明白，為什麼班主任要我教你，我的成績不是很好，比我好的同學大有人在。」竇芙又瞄了掛鐘一下。

「你是我的同座，當然由你來教啊。」王梓也看著掛鐘，「你是不是在趕時間？」

「是。」

「那你先走吧，我自己可以解決。」

「可是，如果班主任問起的話……」賨芙擔心。

「放心，我會告訴她，你有把該教的都教我了。」王梓眨了眼睛一下。

「真的？」

「你最好在我反悔之前，趕快離開。」王梓皺著眉，開始埋頭在枯燥的歷史課業裡。

「嗯。」賨芙拿起書包，站起來轉身就走，但走沒幾步，她就停下，「欸……你有沒有聽過RV Station？」

「什麼Station？電玩嗎？好像什麼Play Station的？我不打電玩的。」王梓頭也沒抬起。

「哦……」賨芙遲疑了一下，再想要不要繼續問下去。

「豆腐人，你是不是兜個圈子要我的臉書或者是IG帳號啊？」王梓問。

「我不是……」

「不用不好意思，很多女生都用這樣的方式來套我的帳號。我最近剛換了名稱，你就去搜尋『長短王子』吧，放心，我會接受你的交友請求的。」王梓揮了揮手叫她走。

賨芙沒再繼續解釋，因為她就快要遲到了！

她飛也似地往禮堂的方向跑去。

她一踏進禮堂，看到大家已經開始在熱身了，她趕快去把背包放下。

芭芭拉看了她一眼，立刻向豔豔、Apple和Orange使眼色。

豔豔沒表情，繼續專心地熱身。

「熱身後，各自分組練習！」歐陽教練用力拍了幾下手掌，喚回學員的注意力。

「教練，對不起，我遲到了。」竇芙站在歐陽教練面前。

「不要有第二次。快去熱身。」歐陽教練沒責罵。

竇芙立刻轉身邁開腳步就繞著禮堂慢跑。

其他的學員已經完成熱身了，分別去拿自己的器具準備練習。

「哎，你們看，歐陽教練的愛將果然有不同的待遇，遲到了不會被罰的哦。」芭拉對Apple說，「下一次你試一試遲到，看看教練會怎麼招呼你。」

「我才不要，肯定被罵得狗血淋頭！」Apple猛搖頭。

「對啊，我們又不是愛將，要試，你叫豔豔試，我們才不要送上門討罵呢！」

Orange也不敢踩地雷。

「咦，豔豔呢？」芭芭拉東張西望。

「啊，她已經在那裡開始練習了！」Apple指著禮堂中央。

「豔豔在練習比賽的舞蹈呢！她跳得真好，每一個動作都近乎完美，但是，怎麼感覺她好像有點急躁……」

「呼拉圈拋得好高啊，比教練要求的還高……豔豔是要挑戰自己嗎？她接得住嗎？」

「啊！她竟然在呼拉圈掉下來前多翻了三個跟斗！這樣哪來得及接啊！」

「哇哇哇！哎呀，幸好接到了，差一點就失手了，好險啊！」

「雖然接到呼拉圈，但是感覺急亂，根本沒有從容、自信和優美的感覺……」

正當隊員們議論紛紛的時候，歐陽教練已經在召喚豔豔。

豔豔一站起來，發覺腳踝有點疼痛，她向著歐陽教練走過去，心想教練一定是要稱讚她。

「為什麼你擅自加動作？」

「我覺得我可以比原定的動作做得更多、更好……」

「逞強、好勝只會讓你的身體受傷。」歐陽教練看著她的腳踝，「你只需要照著指定的動作來練，清楚嗎？」

「可是……」豔豔潛意識把右腳往後藏。

「你聽得清楚嗎？」歐陽教練語氣加重。

「清楚……教練。」豔豔的淚水在眼眶裡打轉。

「你去旁邊按摩一下，沒事了繼續練習。」

「是……」

豔豔坐在禮堂旁邊，拿了毛巾擦汗，其實是要把眼淚擦掉，幸好芭芭拉她們都在練習，沒發覺她在哭。

她的視線一直停留在正接受歐陽教練指導的竇芙身上，雙手握著拳頭，握得緊緊的，指甲都陷入手掌心裡。

13

窸窣……窸窣……

什麼聲音？

啊！這裡……不就是上一次作夢來的地方嗎？

我不喜歡這裡，感覺很不舒服。

窸窣……窸窣……

我記得這聲音。

上一次聽見這聲音後，夢就醒了，現在竟然連接回上一個夢斷掉的部分！

這是什麼怪夢啊？

咦？上一次看到四周黑壓壓的東西，原來是公寓，有四座吧……每一座應該有十多層高……圍成一個四方形……中間是一塊空地……有很多雜草……

這裡好像很久沒人居住了……

我現在的位置就是中間的空地。

咦，我怎麼看得清楚了？哦，原來這一次戴了眼鏡入夢。

窸窣……窸窣……

又是那聲音！好像是從雜草叢裡傳來的……

雖然戴了眼鏡，但四周還是很暗啊，怎麼辦？

窸窣！窸窣！窸窣！

聲音怎麼越來越急了？

不要嚇我，我怕鬼啊！

我要離開這裡！但是，哪裡才是出口？這裡有人嗎？有人可以幫我嗎？

唰！

喵！

啊！原來是兩隻貓在搶食物而追逐，不是鬼，嚇死我了。

但是，我也要想辦法趕快離開這鬼地方！

咦？右邊那一座公寓，牆上大大個B字，其中一個住家好像有微弱的燈光，難道裡面有人？

應該不會是鬼火吧？

一、二、三……應該是第四層，不會很高，我就上去看看，如果真的有人的話，那我就得救了！

這裡真的很多雜草，還有垃圾，很臭。

終於穿過雜草了，對長短腳來說，這真夠折騰……就是這B座了，樓梯……在這裡……好暗哦……真的很臭……到處都是垃圾和廢棄物……

啊，4th Floor，第四層！

我現在應該轉左……哎喲，好疼！竟然有一大張桌子堵在走廊中間，害我撞上去。

「嗤嗤！」

咦，什麼聲音？

我沒聽錯吧？不要嚇我好嗎？竟然……有人在偷笑？

這竊笑聲聽起來，就像是有人不想讓人聽見他在笑，因此掩著嘴巴，但因為笑得太興奮，笑聲還是聽見了。

在這時候聽見這樣的竊笑聲並不是一件愉快的事，只會令人覺得毛骨悚然。

笑聲好像是從那發出亮光的住戶傳出來的，裡面果然有人！

怎麼辦？走過去看？立馬離開？

都已經爬到四樓來了，我先從窗口觀察，如果發現有什麼不對勁的，才趕快離開。

這裡每一戶的舊式百葉玻璃窗，要不就爛，要不就被拆走了，這一戶的也不例外。

雖然沒有了百葉窗，但是靠走廊的這一扇窗卻掛了厚厚的布，說不上是窗簾，看起來倒像被子。

我就站在窗前了，好緊張，還是蹲下來比較好，這樣被屋裡的人發現的機率會低一點。

「嚶嚶……」

正當我想要伸手去掀開一角時，「窗簾」後面突然傳來了聲音！這又是什麼聲音啊？

那聲音非常細微，而且斷斷續續的，如果不是因為這裡異常寂靜，根本不會有人留意到。

「嚶嚶……」

又來了！

我慢慢地把手舉高，伸向「窗簾」的一角，顫抖著，慢慢地掀開……

啊，看到了！

裡面有一個人！

她的身體微微顫抖，畏縮在房間的角落。

為什麼說是「她」呢？因為她身上穿著中學的女生制服，就跟我學校裡的女生一樣。

嚶嚶……

她在哭，原來那是她的抽泣聲。

發生什麼事？為什麼一個穿著制服的女生會獨自留在這廢置的公寓裡？這是她的家嗎？為什麼她躲在這裡哭泣？

我的心裡有太多、太多的疑問。

正當我想得入神時，她停止了抽泣，突然拚命地把身體往牆角退，即使已經退無可退了。

「嗤嗤！」

原來她聽見了那竊笑聲，我也聽見了！

而且……很靠近！

「啊！」

王梓驚醒，全身濕透，頭很痛，心臟還在狂跳。

這一次，又是什麼狀況？

為什麼夢境會延續發展，就好像電視劇一樣，有第一集、第二集？而且一集比一集恐怖，那……是不是還有第三集？

那女生是誰？那竊笑聲又是誰發出來的？為什麼她聽見竊笑聲後，會顯得那麼害怕？

說真的，王梓彷彿理解她的恐懼，因為他也覺得那「嗤嗤」聲，聽了會讓人感覺到一股莫名的寒意。

他的腦袋裡還想著剛才的夢，「如果那怪夢是延續發展的，那麼在『第三集』裡，我會不會看到那個『嗤嗤』……」

他一集中精神回想夢境裡的情景，頭疼的感覺就來了。

「啊啊啊——不行，要轉移注意力，不能去想！我的眼鏡呢？」王梓在床上找到他的眼鏡，但已經被壓壞了，因為忘了摘下眼鏡就睡覺。

王梓起身戴上另一副眼鏡，然後開啟電腦，他想起那一天竇芙提起的網站。

「RV Station」

他在搜尋引擎裡輸入這幾個字。

這是一個加密網站，必須成為會員才能進一步瀏覽網站裡的內容。

「什麼遊戲網站，那麼嚴格啊？」

既然無法瀏覽，王梓便從其他的管道去了解這網站。

原來這網站很冷門，鮮少人知道，他好不容易才在一個論壇裡看到隻字片語。

「有沒有人聽過一個神祕的網站……RV Station……所謂RV就是Revenge，復仇之意……據說這是一個復仇網站……如果你被欺凌……無力反抗……這裡讓你洩憤……把你的怨恨對象及原因說出來……不必動手……有人會替你復仇……你只需提供怨恨對象的資料給他……條件是……你也必須為他報復他所怨恨的對象……作為交換復仇計畫……」王梓一字一字地讀出論壇裡有關RV Station的資訊，「據說……如果你想成為會員……必須私訊站主……通過測試……好像會被要求完成一項任務……一個復仇任務……若通過……才會被接受……」

他靠在椅背上，倒吸了一口氣。

「這是什麼網站啊？感覺好邪惡，令人不舒服。豆腐人怎麼會對這復仇網站有興趣呢？難道……她被欺負了，想要復仇？」

14

竇芙離開教室時，時間只剩下十分鐘了。

「不能再遲到了！都是那個王梓，還要幫他檢查補做的作業……」她背著背包就往禮堂後面的廁所跑去。

廁所裡靜悄悄的，一個人影都沒有，而禮堂裡隱約傳來吵雜的聲音。

「糟！」她把背包放在外面的凳子上，拿了練習服就火速衝進廁所裡更換。

當竇芙從廁所出來時，臉色都變了。

「我的包包呢？」

凳子上是空的，背包不見了！

「怎麼會這樣？不會是清潔工人拿去了吧？韻律操鞋子、器具，還有書本、手機、錢包，全在裡面啊！」她急得如熱鍋上的螞蟻，到處找尋背包的蹤跡。

廁所旁邊有一棵大樹，大樹下置放了很多損壞的木桌椅，她想都沒想，動手去搬動那些廢棄物，希望背包就藏在裡面。

「這位同學，你在做什麼？」

有人在說話，但竇芙不理，她忙著搬開桌椅，只想趕快找到她的背包。

「啊！」她的手指突然感覺刺痛，

她低頭一看，發現手指被木刺戳傷了，頓時感到又氣又疼又焦急，委屈的眼淚潸潸地流了下來。

「啊，你的手受傷了！別再搬那些壞桌椅了，很容易被木刺戳傷手的。」他握著竇芙的手，仔細地觀察。

竇芙抬頭一看，朦朧中看見說話的是一名穿著運動服的男生，好像是學長。

她掙扎一下，想把手抽回來。

「等一下。」他把運動袋子放下，打開來翻找裡面的東西。

沒一會兒，他的手上多了一個指甲鉗子。

「你忍一忍。」他再次抓住了竇芙的手掌，低著頭細心地把木刺戳傷部位的表皮剪開，然後再輕輕地把木刺挑出來。

他的動作很溫柔，木刺被挑出來時，竇芙幾乎沒感覺疼痛。兩人的頭靠得很近，她很清楚地看到，原來這大男生的臉孔輪廓鮮明，古銅色的健康皮膚發出光澤，額頭微微泌汗，在陽光的照射下隱隱發亮。

她聞到從他身上傳來的氣味，沒有一般男生的汗臭味，只聞到衣服上洗滌劑清香的氣味。

這是她第一次在那麼近的距離、那麼長的時間，與異性那麼靠近，而且還有身體上的接觸！

竇芙突然覺得她的臉在發燙，心兒怦怦直跳，她想把手抽回來，可是心裡的小角落竟然發出一個聲音，說道：「讓這一刻停留久一點……」

啊，她的思緒頓時變得複雜得很，心裡的兩個聲音在交戰！

突然，他微微抬起頭看著她的臉，問道：「你的手掌好燙，是不是我弄疼你了？」

「啊！」她好像做壞事被識破似的，急忙把手抽回來，「不……不是的。」

「等一下。」不知什麼時候，他的手多了一塊膠布，直接拉起竇芙的手就貼在傷口上，「回家的時候記得要為傷口消毒，再換上新的膠布。」

「哦……謝謝。」竇芙還沒回過神來。

「你現在可以告訴我了吧？你到底在找什麼啊？」他指著那一堆如小山般高的壞桌椅。

「我的包包……」竇芙覺得很沮喪。

「黑色的背包？」

「你怎麼知道？你有看到？」竇芙驚訝。

他向上指了指。

「啊，我的包包！怎麼會在樹上？」竇芙抬頭一看，發現她的背包竟然掛在樹枝上，難怪她找不到。

她急忙從雜物堆裡找了一支長棍，想要把背包勾下來。

但是，試了好幾次，背包還是穩穩地在樹上乘涼，不肯下來。

正當竇芙急得不得了的時候，他竟然做出了令她意想不到的動作！

他把運動袋子一丟，竟然開始往樹上爬！

「你……危險啊！」竇芙急得大叫。

他不發一言，一步一步地往背包的位置爬去，越爬越高。

「你快下來啊！」竇芙在樹下擔心得很，她不想他因為她而受傷。

「噓——別那麼大聲，有人來就糟了！」他豎起食指放在嘴脣中間。

他伸出長長的手一拉，啊，終於拿到了！

他靈活地從樹上跳下來，拍了拍身上的樹皮、葉子，然後把背包遞給竇芙。

「你……」竇芙緊緊地抱著她的背包，不知道該說什麼，今天所發生的事令她反應不過來，她活了16年，從來沒遇過這樣的事。

「爬樹的事，千萬別告訴任何人哦，要不然我就完蛋了！」他的笑容就像陽光，快把她給融化了。

「好……」

「這是我們的祕密。」

「嗯。」竇芙只會一個勁地點頭。

「好了，我要去練球了。你……韻律操？」他指著竇芙身上的練習服。

「啊！」她如夢初醒。

「喔，對了。之前我走進來這裡時，碰見一個女生正好走出去，低著頭走得很急，差點撞到我。她身上的服裝，跟你的一樣。」

「啊……」

「再見！」他轉身揮揮手就走了。

竇芙愣在那裡，許久，腦海裡一直想著他的話，強忍著委屈的淚水，不讓它掉下。

她輕撫著掌心的膠布，彷彿感受到一絲暖意從膠布裡傳出來……

15

空堂時，王梓拿著一個袋子，拉著竇芙一直走。

竇芙一路被他拉著走，很多人好奇地看著他們。

「你……拉我來這裡，什麼事？」終於走到一個亭子裡，竇芙輕輕地擺脫他的手。

「快坐下。」王梓打開袋子，取出裡面的粉紅色盒子。

「喔……」

「豆腐人，給你。」王梓微笑著把盒子遞給她。

「給我？」竇芙訝異。

「打開來看看。」

竇芙把蓋子打開，盒子裡滿滿的都是不同口味的壽司，色彩豐富，看了令人食指大動。

「這……」

「給你吃，全是我一大早起身親手做的，感謝你這幾個星期以來，犧牲時間幫我追上課程進度。」王梓說。

「沒什麼的，你不必大費周章親手做這一些……我不能收下。」竇芙覺得內疚，因為她心裡對老師的安排有怨言，並不是誠心在幫助王梓。

「你不喜歡吃哦？那怎麼辦？丟掉很浪費喔。」王梓顯得苦惱。

「不是的……」竇芙聽到他要丟掉壽司，急了起來。

「長短王子！」

「長短王子？」竇芙看著王梓。

「長，短。」王子指了指右腳，再指左腳，最後指向自己，「王梓。」

竇芙恍然大悟。

「宋婕婕，什麼事？」王梓一轉身，看見快步走過來的宋婕婕。

「當然是重要事啦，你可是我的case呢！怎樣，告訴姐姐，最近你有什麼問題……哇！好漂亮的壽司，怎麼還不吃啊？」宋婕婕話沒說完，手已經伸進去拿了一塊魚子壽司，「吃啊、吃啊，快趁熱吃！不對、不對，是趁新鮮才對！」

兩人看著宋婕婕一口吞下一大塊壽司，傻眼了。

「你真的是老實不客氣，我現在終於明白，你的身材是怎麼來的了。」王梓白了她一眼，不急不緩地說。

「我媽說，我這可是貴妃身材，身嬌肉貴，圓潤豐腴，標準的美人身材呢！」

「伯母真風趣。」王梓說。

「風趣？對啊，我媽很愛開玩笑……咦，你怎麼知道的？」婕婕再拿了一塊鰻魚壽司。

寶芙在旁聽了，忍不住偷笑。

「請問，這位同學是……」

「寶芙，我的同班同學，她幫我追上了這幾個月的課業進度……」王梓介紹。

「哇，人家那麼好心幫你，你有沒有請人家吃東西當報答啊？姐姐教你，做人要懂得知恩圖報，要不然就白活了！」婕婕說完又把一塊鮮蝦壽司塞入嘴裡。

「當然有。」

「請吃什麼？是不是聽者有份？」婕婕的眼睛發亮。

「有——」王梓拉長了音。

「真的？什麼時候？吃什麼？」她伸手想要去拿海蜇壽司。

「嗯。現在。壽司。」

「現在？壽司？你是說……這一盒壽司是要給……」婕婕縮著脖子怯怯地指了指寶芙。

「是。」

「哎喲，你怎麼不早說嘛？寶芙同學，真不好意思啊，吃了幾塊你的壽司。呵呵……」婕婕尷尬得很。

「沒關係……」寶芙不介意。

「幾塊？都被你吃掉一半了好嗎？」王梓沒好氣。

「欸，等一下，你的眼鏡……你換了眼鏡！」婕婕好像發現新大陸那樣。

「宋婕婕，你轉話題的技巧還真的有待進步。」王梓把盒子蓋好，以免一個不留神，壽司全被婕婕吃光。

「我是說真的啦！幹嘛換眼鏡啊？」婕婕意猶未盡，舔著手指。

「睡覺時不小心壓斷了。」

「壓斷？別告訴我，你戴著眼鏡睡覺，想說這樣在夢裡可以看得清楚一點？哈哈哈……」婕婕不客氣地狂笑。

「第二次真的比較清楚了……」王梓認真地回想。

「什麼第一次、第二次？」婕婕很厲害，狂笑可以說停就停。

「你作了怪夢？」竇芙也好奇。

「可以說是怪夢，我也不確定……」王梓把那兩次的夢境說給她們聽。

「哈！」

「你幹嘛突然大叫一聲啦？有心臟病準被你嚇死。」王梓看到竇芙嚇了一跳，責備婕婕。

「Sorry！Sorry！我是突然想到一些東西啦！」

「想到什麼？」

「我先問你，在這兩個夢之前，你是否試過看見自己在睡覺？」婕婕突然嚴肅了起來。

「看見自己在睡覺……聽起來很詭異。」竇芙說。

「看見自己……啊，我想起來了！幾個月前，我發生車禍住院時，夢見我剛被撞倒的那一刻，我看見自己受傷躺在馬路上！」

「這就對了！」

「什麼對了？」兩人異口同聲地問婕婕。

「你這情況是……靈魂出竅！」

「靈魂出竅？」

「嗯，相信大師，大師閱書無數，尤其最愛古靈精怪的題材。根據你的描述，大師懷疑你經過那一次的意外後大難不死，因此有了靈魂出竅的能力。」

「你這大師是不是冒牌的？說得頭頭是道，瞎編的吧？」王梓一臉狐疑。

「哼，信者得救，不信者自救，信不信由你！」婕婕一副天機不可洩漏的表情。

「這可能嗎？」竇芙低聲問王梓。

「哇！天啊、天啊！我的頭髮……頭髮……有沒有亂？有沒有？」婕婕又突然驚叫。

「你的頭髮很整齊……發生什麼事？」竇芙又被她嚇到，跟著她緊張起來。

「唉，除了看見『男朋友』，還會有什麼事？」王梓白了婕婕一眼。

「他走過來了！」婕婕眼神凶狠地對王梓說，「姐姐警告你，千萬別亂說話。」

「啊，你的牙齒有紫菜！」輪到竇芙驚呼。

婕婕立馬用手捂著嘴巴，眼睛瞪得老大。

來不及了！

「嘿，早安！你們在聊什麼？好像很熱鬧呢！」唐紳向他們打招呼。

「唐紳，早啊！」

「會長，早！」

「咦，宋婕婕，你幹嘛捂著嘴巴？不舒服嗎？」

「她吃得太飽了，想嘔。」王梓代婕婕回答。

婕婕斜視著王梓，眼神好像要殺人那樣，但立刻發現失態了，急忙放下手，笑瞇瞇地看著唐紳，不敢張開雙唇。

「唐紳，這是竇芙，我的同班同學。」王梓介紹他們認識，「竇芙，學生會會長，你應該認識，不必我介紹吧？」

「你好，我是唐紳，很高興認識你。」唐紳伸出手來。

竇芙怔怔地看著站在眼前的唐紳，忘了要做什麼反應。

「豆腐人……」王梓提醒竇芙握手。

「啊。」竇芙這才回過神，伸手出來握著唐紳的手。

「你不是也跟某女一樣，見到帥哥就痴痴迷迷吧？」王梓瞟了婕婕一眼。

婕婕忍著不發火，在臉上強擠出最迷人的笑容。

竇芙則尷尬得臉蛋發燙，幸好她的皮膚偏黑，沒被發覺。

「你們繼續聊，我先去處理一些事。再見！」唐紳邊說，邊轉身離開。

亭子裡有三秒的寂靜。

「長短王子，你今天是不是想要有三長兩短……」婕婕劈頭就開炮。

王梓和婕婕不斷地在抬槓，但竇芙一句話都聽不進去。

「明明是他，為什麼他裝得好像不認識我？他真的是婕婕的……男朋友？」

她的心裡酸酸的，患得患失。

16

竇芙換好了練習服，看著廁所外的大樹發愣。

「他……真的是那一天，在這裡幫我把包包取下，為我拔出木刺，貼上膠布的他嗎？」

自從那一天在亭子裡，王梓介紹他們互相認識後，好幾次，她和他在校園裡擦身而過，他並沒看她一眼，就好像彼此不認識那樣。

她以為他會跟她打招呼，或微笑，但是，什麼都沒有。

她覺得很困惑，心裡有一種憋著的感覺，很鬱悶卻無從發洩。

為了向他表達謝意，她還準備了一份小禮物想要送給他。

那是一個鑰匙圈，掛了唐僧、孫悟空、豬八戒及沙僧的卡通版人頭造型，金屬製成。

竇芙一看到這鑰匙圈就立刻想到他，便買下來想要送給他。

「看來，這禮物送不出去了……」竇芙按著背包自言自語。

「什麼東西送不出去？」

突然，一個聲音在她的耳邊響起。

「啊！」竇芙嚇了一大跳，立刻轉身，「你……怎麼會在這裡？」

「我在這裡好一陣子了，有人想東西想得入神，完全沒察覺。怎麼一直看樹上？又有東西被拋上去了嗎？」唐紳笑著說。

「沒有……」竇芙急忙搖頭，她看著唐紳，他像那天一樣，穿著運動衣、短褲，右肩背了一個名牌運動袋，今天還多了一頂鴨舌帽。

唐紳出現得那麼突然，而且還很親切地跟她說話，令她很錯愕，一下反應不過來。

「對了，你剛才說什麼……送不出去？」唐紳轉了轉鴨舌帽，把鴨舌轉去後腦勺。

「啊……我有東西給你……」竇芙伸手進背包裡掏。

「哦？」

「這個……送給你。」她把一個小盒子遞給唐紳。

「給我？」唐紳把盒子打開，拿出鑰匙圈，「哈哈，好特別的禮物！這唐三藏……就是我嗎？你笑我是禿驢？」

「不是的、不是的……」竇芙急忙否認。

「別緊張，我開玩笑的。可是……為什麼要送禮物給我呢？」

「我想向你道謝，那天幫了我……」

「哦？只是為了道謝？沒有其他的意思？」唐紳目不轉睛地看著竇芙的臉。

「沒有……」竇芙把頭低下，她的心兒像有幾隻小鹿在亂亂撞，他的眼神好像會放電，再看下去，她就招架不住了。

「如果我是唐僧，你……是誰？」他突然湊前在她的耳朵旁說話。

啊，他的聲音好溫柔！她竟然感覺一陣酥痲。

「你怎麼了？不舒服嗎？」他用手背碰了竇芙的臉一下，「你的臉怎麼那麼燙啊？」

「啊……我……我快要遲到了！」再不走的話，竇芙覺得她的心臟就要從口中跳出來了。

「好吧，謝謝你的禮物哦！」唐紳當下就把鑰匙圈掛在他的運動袋上，轉身揮手跟她道別，「再見！」

掛在運動袋上的唐僧四師徒，隨著他的步伐活潑地跳動，發出清脆的撞擊聲，每一下都像是撞擊著竇芙純潔的心靈，怦然的。

17

臺下響起了非常不和諧的掌聲，布幕拉開了，王梓獨自一人站在臺上，準備為今天的教師節慶典呈現小提琴獨奏。

臺下鼓掌的同學大多為王梓的女粉絲，她們看見他站在臺上便嘰哩呱啦地談論，興奮不已，直到老師回頭瞪了一眼，她們才停止喧嘩。

王梓對觀眾微笑鞠躬，把小提琴一橫就擺在肩上，動作優雅淡定。這是一首古典曲子，剛開始時，感覺柔柔、幽幽的，牽動了觀眾的心。他閉著雙眼，時而愉悅，時而皺眉，沒有誇張的大動作，完全陶醉在演奏裡，身體隨著音樂自然地擺動。

舞臺上的王梓散發出一種強烈的吸引力，把所有人的目光都聚焦在他身上。在古典音樂的世界裡，他宛如一位高貴、驕傲，但隱約帶著憂鬱的王子，一舉一動充滿了魅力。

他彷彿想透過小提琴把內心的鬱悶、不滿，以及世人對他的不理解發洩出來，每一個音符都充滿了感情。

當音樂到了激昂的部分時，他的動作突然變得快速，音符掀起了狂風巨浪，排山倒海地要淹沒整個禮堂。觀眾的心情跟隨著琴聲起伏不定，當情緒被推到最高峰時……音樂突然停止了！

禮堂裡一片寂靜，大家的耳朵裡彷彿還有餘音，一下子還沒意識到演奏已經結束了。

王梓張開眼睛，輕輕地把小提琴拿下，微微鞠躬。

觀眾們這才回過神來，情緒非常激動，掌聲如雷貫耳，久久不能停下。

女生們還眼泛淚光，與身邊的同學互相緊握著手，大口喘氣，激動得無法用語言表達自己的感覺。

布幕拉上了，臺下觀眾議論紛紛，甚至連老師們都在互相詢問王梓的來歷背景，大家都被他的音樂才華給震懾住了。

這是一場非常成功，而且話題性十足的演出。

當時，班主任知道王梓會演奏小提琴，因此問他是否能代表班級在教師節時呈現節目，他一口就答應了。

王梓自己完全沒料到，演奏後的餘波竟然那麼強。當天，他的臉書、IG、微信等，全都被留言擠爆了，而衛思禮學生們的個人社交網站也幾乎被王梓演奏的影片「洗版」。

現在，王梓的人氣當紅不讓，無人不曉。

他一出現在校園裡，總會引來很多目光和驚呼聲，還會半路被攔截，然後手上會多了各種各樣的小禮物。

「王同學，這是送給你的，我親手做的，你一定要吃喔。」

「學長，你的小提琴拉得好好聽哦，如果每一天睡覺前，能聽到你的演奏就太好了！」

「王梓！王梓！小提琴王子！我們永遠愛你！」

甚至連口號都出來了。

王梓只是露出靦腆的微笑。

意外的是，大家並沒太介意他的長短腿，甚至有女生認為這缺陷是因為老天爺嫉妒他的太完美。

但他萬萬沒想到，除了老天爺，他的大受歡迎還招來了另一個人的嫉妒，而且那一個人的心中還萌起了恨意……

18

今天沒訓練。即使沒訓練，竇芙也不能太早回家，因為竇奶奶會追問為何沒去補習，因此她寧願留在學校圖書館做功課，等時間差不多時，才回家。

最近不知道為什麼，竇奶奶好像逼得更緊了，不斷查問考試的成績，一直要她考取優異的成績。

幸好竇奶奶只是問，並不清楚考試的分數制度，也沒要求看考卷，竇芙還可以敷衍過去。

「你一定要考好，一定要！」

這聲聲「一定」，讓她倍覺壓力，她真的想不通為何奶奶要逼得那麼急，那麼緊張。

傍晚了，竇芙可以回家了。

當她經過禮堂側門時，看到地上有東西在閃耀。

她撿起來一看，發現是一個鑰匙圈，而且還很像是她送給唐紳的那一個唐僧師徒鑰匙圈。

「這鑰匙圈怎麼會在這裡？」

她聽見禮堂裡有籃球聲。

「他在裡面？會是他嗎？」

寶芙輕輕地把側門推開，她發現裡面只有一個人。

他拚命地運球、投籃，再運球、投籃，一直重複再重複，每一次都使盡全力，身體就好像有一團熊熊燃燒的火，不會熄滅，不懂得累。

他的神情凝重，眉頭緊鎖，似乎有煩惱在困擾著他。

寶芙呆站在門口，她沒看過那麼充滿爆發力，那麼沉重的唐紳，她感到訝異。

許久後，唐紳終於停下，他用最後的力量把籃球擲向籃板，發出巨響，他一個大字躺在地上，不停地喘氣。

寶芙不知所措，她不知道該打擾他，或是該轉身離開，她的腳像釘在地上。

「你站了那麼久，不累嗎？」

當寶芙還拿不定主意時，唐紳開口了。

他笑著看寶芙，恢復了平時的陽光氣息。

「找我？」

「不是？」

「不……是！我……」不知道為什麼，寶芙一見到他就心慌，話也說不好。

「是……我在外面撿到這……想問是不是你掉了。」寶芙舉高鑰匙圈。

「哦？等一下。」唐紳到旁邊去拿他的運動袋，「真的掉了！應該是我扣得不好。」

「哦。那……還給你。」她伸手遞出鑰匙圈。

「你過來一下。」

「哦？」她不知道他要她過去做什麼，但她還是聽從他的話。

「可以幫我一個忙嗎？」

「啊？」

「你幫我把鑰匙圈扣牢，好嗎？要不然，它再掉了的話，可沒那麼幸運被你撿到了。」

「好。」她跟唐紳一樣坐在地上，他們兩人之間只有一個運動袋的距離，她可以感覺到他身上散發的熱氣。

竇芙的心還在慌，但她逼自己集中注意力，把鑰匙圈扣在唐紳的運動袋上。

「扣好了……」她輕輕地拉了拉鑰匙圈，確認已經牢牢地扣著。

突然，唐紳一手伸過來抓住她的右手！

「啊！」竇芙想要縮回去，但已經來不及，緊緊地被唐紳的大手掌握住了。

「嗯……傷口已經好了。」唐紳仔細地觀察她的手指，輕輕地按了按上一次她被木刺戳傷的部位。

啊，又是一陣觸電的感覺！

竇芙彷彿聽到自己咚咚咚如二十四節令鼓的心跳聲，她下意識想要按著胸口，不讓心兒發出那麼大的聲響，以免被他發現。

「裡面應該沒有殘留的木刺了……」他認真地在檢查傷口，大手掌的溫度和觸感熟悉又陌生，這感覺不知在她腦海裡出現了多少次，沒想到今天再次體驗。

竇芙的理智告訴她應該要把手抽回來，但她的手並不聽大腦的支配，她竟然沒有那麼做，連她自己也覺得驚訝。

「怎麼了？你的手怎麼在顫抖？」

「啊！」竇芙趕緊把手抽回，想要站起來，「我……要回家了。」

唐紳看到竇芙的反應，不但拉著她的手臂不讓她起身，還把臉湊前，目不轉睛地看著她。

「你不想多陪我一會兒？你就那麼想回家？」他溫柔地問她。

「不……不是的。」她抬起頭，正好迎向了他炙熱的目光。

「告訴我，你是不是……喜歡我？」

竇芙瞪大了雙眼。

啊，這……這是什麼問題？

19

竇芙把繩索向上拋，她強迫自己把注意力放在訓練上，但腦袋裡總是不受控制地浮現唐紳的模樣。

啪！繩索沒接著，掉在地毯上。

她從來沒試過這樣恍惚。

「不行，比賽快到了，我一定要專心。」

「竇芙，你過來一下。」歐陽教練也察覺了。

「是。」竇芙撿起繩索，走過去，雙手放在身後，手掌交叉握；雙腿交叉站立，挺胸。

「身體不舒服？」

「不是。」

「去廁所洗個臉，再繼續訓練。」

「是，歐陽教練。」

竇芙把繩索放在她的背包上面，脫下布鞋就轉身往廁所的方向走去。

她進入了廁所的其中一個隔間，坐在馬桶上。

「賓芙，你可以不要再想他嗎？」她的雙手抱著頭。

過了一會兒，她聽見外面有人在說話。

「哇，你好誇張咧，他的每一則貼文，每一張照片，你都去按讚！」

「你還說我，你自己不也一樣，幾乎都搶到沙發（第一個留言）！」

「嘻嘻，沒辦法，他太迷人了，他是我的男神啊！」

「唐會長是我們的大眾男神好不好？誰說是你的？」

「有了唐會長，我才有上學的動力！那一天他還跟我說話呢！」

「真的嗎？他說了什麼？」

「他說：同學，上課了，快回教室。」

「哈哈，你這樣也行哦？笑死我了！」

「那他確實是跟我說話嘛。要不然，我們這一些小人物，他怎麼會看得見？」

「我在懷疑，你是不是故意在走廊蹓躂，引起他的注意，製造機會讓他跟你說話！」

「喂，我才沒有呢……等一下，這方法好像不錯喔？我可以再來一次，聽他用那充滿磁性的聲音對我訓話，用他那雙電力十足的眼睛譴責我。啊，我十分願意被他懲罰！」

「哇，你這大花痴，我要開直播，把你的花痴樣上傳到臉書，讓大家觀賞！」

「不要、不要！我會害羞啦！」

「我不理，我開始錄影囉！哈哈！」

「喂啊，不要拍我啦！」

幾個女生嬉鬧著跑出廁所，原來她們都是唐紳的粉絲，真的有很多女生喜歡他。

啊，竇芙想要進來廁所把唐紳從腦袋裡甩出去，沒想到更糟糕了。

她又想起了那一天在禮堂裡……

「告訴我，你……是不是喜歡我？」

「我……」

「喜歡？不喜歡？」

「這……」她的腦袋一片空白，完全不曉得如何回答。

「哦，原來你並不喜歡我，原來是我想太多了……算了，當我沒問過，放心，我不會再問你這問題，也不會再打擾你。」唐紳的臉寫滿了失望，用手臂撐著地面站起身來。

「啊，不是你想的那樣……」竇芙的內心大叫，但她什麼都沒說，眼睜睜地看著唐紳拿了運動袋和籃球，從她的視線範圍內消失。

「不是這樣的！他誤會了，怎麼辦？為什麼我不立刻向他解釋？為什麼我那麼笨啊？笨豆腐！」竇芙非常懊惱，她不斷地拍打自己的頭。

唐紳真的很受歡迎，多少女生想親近他都沒有機會，而竇芙卻……

「怎麼辦？如果有一個漂亮的女生向他告白……如果他接受……那我一定會痛苦得想撞牆……」

竇芙歎了一口氣，走出去拚命用水潑臉，想讓自己清醒一點。

當她回到禮堂看到隊友們都在苦練，她便調整了自己的心情，準備好好地投入訓練，不再想其他雜七亂八的事。

她拿起繩索便去地毯一角練習繩操。

繩操使用的輕器具是由纖維或相似材料編製成的繩子，動作包括擺動、拋接、跳躍。

竇芙的舞蹈進入中段時，將要進行的一連串動作是：拋繩，接繩，讓繩索順著揮動的力度繞在脖子上，再擺動脖子來擺脫繩索。

當她完美地接了繩索，想要把繞在脖子上的繩索擺脫，繩索靠近她的臉龐劃過去……

「啊！」竇芙突然感到刺痛，忍不住叫了起來。

一直在不遠處觀察的歐陽教練立刻跑過來，只見竇芙呆站原地，一手捂著臉，另一隻手還抓著繩索。

「讓我看看你的臉。」歐陽教練輕輕地拉開竇芙的手。

竇芙的手掌都是血，她右腮骨的部位多了一條三公分的血痕。

「你受傷了，別亂動。」歐陽教練用毛巾壓著傷口，「先止血。」

竇芙被歐陽教練帶到旁邊，其他的女生都被這一場意外嚇著。

「其他人繼續訓練，別停下。」歐陽教練鎮定地發出命令。

竇芙驚魂未定，任由教練為她處理傷口。

「傷口……明顯嗎？」她知道一名韻律操選手，除了技能重要，臉蛋也很重要，「破相了嗎？」

「幸好傷口不是在臉頰，在腮骨部位，不會很深，正面看不清楚，但也要好好處理，別留下疤痕。」

「嗯……」竇芙這才放心一點兒。

「讓我看看你的繩索。」歐陽教練指了指她的左手。

竇芙這才發現左手還緊握著繩索，她鬆開手，讓歐陽教練取去。

歐陽教練仔細地檢查每一寸繩索，終於發現了「凶手」！

她從繩索的中段部位拔出了一枚扣針，針頭還有絲絲血跡。

「啊！」竇芙不敢相信她眼前所看到的。

但是，她卻這樣說：「這……應該是我不小心把扣針和繩索混在一個袋子裡，沒想到扣針纏在繩索上了……」

「哦？這扣針是你的？」歐陽教練低頭凝視著那一枚扣針，片刻後，她用紙巾把扣針包起來放到竇芙手心，說道，「下一次小心點兒。」

歐陽教練讓賨芙回家休息，徹底處理傷口。

賨芙的覺得惶惑。

韻律操隊員各有一套器具，沒有共用，都是自己在保管，訓練後各自帶回家，不會留在訓練場所。

她懷疑有人趁她去廁所時，在繩索上做了手腳。

她說謊，因為她不想惹起任何麻煩，韻律操可以讓她找到自我，脫離了韻律操，她什麼都不是，如果連韻律操的世界都容不下她的話，她不知道還有什麼存在價值。

只要可以接受，她任何事都願意默默忍受，但是，為什麼她必須承受這樣的對待？

當她在收拾東西準備回家時，發現放在她的背包旁邊的是芭芭拉、Apple、Orange以及豔豔的包包。

20

怎麼房間裡突然變得好暗、好臭！

難道這裡是……

天啊，我又來到夢境裡了！

不對，不是夢。

那一天宋婕婕說我是靈魂出竅，這意思是說，我的靈魂趁我睡著時，又出體遊蕩了！

上兩次都是在公寓區，這一次好像不一樣，這裡真的極臭，什麼地方會臭成這樣啊？

我的手開始在黑暗裡摸索。

幸好還有一些月光從破爛的屋頂透進來，當我的視線逐漸適應時，我發覺地上盡是黏糊糊、濕淋淋、油膩膩的東西，還有一些盒子、箱子、木等東西堆滿了地面，感覺沒有一處是平坦的。

原來我身處在一個惡臭的垃圾間裡！

有垃圾，這表示會有……老鼠、蟑螂！

仔細一聽，窸窣……窸窣……真的還有其他的聲音！

我急忙把背貼在牆上，眼睛努力地找尋出口，但是，看到的卻是令人肉跳心驚的畫面：四周都是竄動的黑色物體，幾乎布滿了所有的角落！

等一下，那黑影……我又看見她了！她打開門，慌張地走進來，把門關上後，她就蹲在角落裡。

她在幹嘛？

一個正常人怎麼會無緣無故進來垃圾間裡待著？

突然……

띵동 치킨이 왔단다
어서 문을열어라
돈을 내기엔 이미늦었어
띵동 어서 열어다오 치킨왔단다
돈 내기엔 이미 늦었어……

咦，好像是韓國歌曲，小孩的歌聲。

誰在播放音樂？

她聽見了歌聲後，身體一陣哆嗦。

她害怕這音樂？

창문새로 보는 너의 입과 마주쳤어.
침을 흘리는 너의 입이 보여.
가까이서 보고싶어.
띵동 내가 들어간다.
어서 돈을 내
돈 내기를 하며 놀자……

《捉迷藏》童謠

音樂繼續在播，我沒學過韓語，聽不懂歌詞的意思，不知道那小孩在唱什麼。

突然，歌聲停止了。

「時間到囉……我來捉你囉……嗤嗤……」

音樂一停……時間到……捉人？

這是捉迷藏遊戲嗎？

她是將被捉的「人」？那麼，他不就是捉人的……「鬼」！

天啊，她躲在垃圾間，原來就是不要被他捉到！

「你在哪裡啊？你這頑皮的小傢伙……」

他一邊找，一邊說話。

「我知道你藏在哪裡，我快要找到你囉……」

她哆嗦得更厲害了。

良久，沒再聽見他的聲音，外面寂靜得有點不對勁。

突然……

「嗤嗤！」

門外傳來了竊笑聲！

我很肯定，這竊笑聲跟上一次的一模一樣，來自同一個人！

他在外面！

「嗤嗤！找到你了……」一個特意壓低的聲音。

砰！

垃圾間好像被用力撞了一下，還聽見鐵門外面被拴上的聲音。

巨響令垃圾間裡的生物受到驚嚇。

突然，一隻大老鼠從垃圾堆鑽了出來，衝到她的腳下，她嚇得隨手拿起一個木條就向大老鼠揮去。大老鼠受了驚嚇，鑽回垃圾堆，引起一陣騷動，窸窣聲響更多、更頻密了。

一大群老鼠和蟑螂受到驚嚇，亂衝亂竄。

她顫抖著手拍打鐵門，彷彿在哀求外面的人打開門，放她出去。她不時驚慌地回頭望，拚命閃躲，儘量與垃圾堆保持距離，忍不住用雙手蓋著耳朵，蹲下蜷縮著身體抽泣，聲音充滿了驚駭與無助。

目睹這一幕，她的駭懼，我都能深深體會，就像數百隻蟑螂爬上了我的軀體一樣！

這地方不是人待的，我一刻都不想逗留，我要出去！

他們到底在做什麼？

他們真的在玩捉迷藏？

可是，看起來這遊戲並不好玩，因為她身上的每一個細胞都散發著無比恐懼的訊息。

我不忍心再看下去，可是卻沒辦法離開。

突然……

「嗤嗤！」

他在外頭靜靜地觀察這一切，然後忍不住偷笑！

我討厭這竊笑聲，它讓我從背脊莫名起了一陣寒意。

她也聽見了，她蜷縮得更厲害，抖動的幅度更大了。

吱嘎──

突然，垃圾間的門打開了！

一道光線照射著我的眼睛，很刺眼，我舉起手想要遮擋……

啊！

王梓覺得頭好疼，他醒了過來。

雖然他知道自己的靈魂又出竅了，但心仍有餘悸，情緒一時半刻還不能平復，耳朵好像還一直聽見那小孩唱的歌曲旋律。

貝多芬的《給愛麗絲》響起了，那是王梓的手機鈴聲，他嚇了一跳。

「喂……」

「你在哪裡？」竇芙的聲音。

「我在哪裡？我在……啊！我約了你星期六回學校圖書館討論作業！」王梓驚叫。

「今天星期幾？現在幾點了？」

「星期六……10點……」他看了看壁鐘。

「你約了我幾點？」

「9點。對不起、對不起……」他感到很抱歉。

「我不等了，要去練習。」

「豆腐人，你生氣了嗎？」

「沒有。」

「沒有就好，多怕你生我的氣呢。」

「嗯，我要掛電話了。」

「啊……等一下！你不問我為何失約了？」

「你要說，自然會說。」

「喔……你不問的話，那輪到我問你問題囉！」王梓突然想到一件事。

「啊？」

「豆腐人，你……怕不怕老鼠、蟑螂？」

「為什麼突然這樣問？」

「這個……我就想知道啊，想多了解你一點。」

「怕。」

「你怕？你真的怕哦？」雖然他已經有心理準備，但還是被她的答覆嚇了一跳。

「難道騙你我會變白嗎？」竇芙在另一頭嘀咕。

「什麼白？」

「問完了沒？我真的要去訓練了。」

「問完了……」

嘟──

竇芙說掛斷就掛斷，王梓還愣在那裡，手機還在耳邊竇芙跟垃圾間裡的她一樣，害怕老鼠和蟑螂……

那麼巧？

21

「快、快！」王梓拉著竇芙就往亭子的方向走。

「我知道了……」竇芙輕輕擺脫王梓的手，因為很多人在看著他們。終於到了亭子，他一坐下，立刻抬起她的下巴。

「啊！」她嚇了一跳，急忙閃開。

「我……」王梓要開口說話。

「嘿嘿，我看到囉，光天化日之下，你們竟然那麼大膽，做出這一種行為！剛才我就留意到你們一路上拉拉扯扯，還以為有什麼急事，原來就是這一件迫不及待的事！雖然你們是我的朋友，但我一定會大義滅親的！」宋婕婕突然冒出來。

「宋婕婕，又關你的事？你真的是陰魂不散，還亂用成語。」王梓沒好氣。

「你們在這裡卿卿我我，觸犯校規，我身為見習糾察隊員，當然關我的事啊！欸，你們什麼時候開始交往的？多久了？什麼感覺？誰先告白？家人有沒有反對？會以結婚為前提交往嗎？說來聽聽……」婕婕一整張臉湊得很近，八卦又羨慕的表情表露無遺。

「什麼？」竇芙聽得傻眼，瞪大眼睛看著王梓。

「你鬧夠了沒？」王梓一把推開婕婕的臉。

「好啊，不說？那我只好秉公辦事囉！」婕婕立刻變臉，伸手進去口袋找筆記本和筆。

「豆腐人，你的傷口，怎麼來的？」王梓指了指竇芙受傷的部位。

「傷口？哪裡？」婕婕湊前去看。

「韻律操訓練……弄到的。」竇芙摸了摸膠布。

「真的哦？」王梓腦袋裡想的是另一個原因。

「哦，原來剛才你抬起豆腐人的下巴，是要看她的傷口哦！」婕婕恍然大悟。

「要不然咧？」王梓翻了個大白眼。

「呵呵，我還以為……你要……」婕婕用雙手做了親嘴的手勢。

竇芙尷尬得很，彎下腰繫鞋帶，假裝聽不到。

「宋婕婕，你有空時，腦袋可以排毒一下嗎？」王梓真的沒好氣。

「腦袋排毒！腦袋排毒！抱歉、抱歉！呵呵……」婕婕打哈哈圓場。

「誰的腦袋要排毒啊？腦袋……怎樣排毒？」一個聲音插進來。

「哇，嚇死我！不、不……我是說……喔，會長，你突然出現，嚇到我了，心怦怦怦的，跳得很快呢！」婕婕的「變臉」速度令人嘖嘖稱奇。

嚇了一大跳的還有竇芙，她用熱切的眼神看著唐紳。

「不好意思，我沒想到會嚇到你們。」唐紳的視線沒停留在竇芙身上。

「不、不，我很樂意被你嚇，偶爾受驚嚇，就像看恐怖電影那樣，心跳加速，促進血液循環，對身體好……」婕婕掰得很牽強。

「你喜歡看恐怖電影？」唐紳問。

「喜……歡啊！」婕婕也不太確定怎麼答才恰當。

「真的？我超愛看呢！凡是有恐怖電影上映，我都不放過！」唐紳說。

「我也是！怎麼那麼巧？我們都有同樣的電影口味呢！」婕婕確定了唐紳的興趣後，立刻卯足全力去迎合他。

「最近美國的驅魔系列最新一集即將上映了，看了預告片，覺得很不錯。」

「對……就是那一部！我也很期待！」婕婕根本不知道是哪一部。

「希望劇情不會令人失望。」

「看了就知道精不精彩……會長，反正我們都想看，不如……我們一起去看吧！」婕婕大膽地提出邀約。

「好啊，沒問題！」唐紳竟然一口答應，「看完還可以去喝一杯咖啡。」

「那一言為定囉！」婕婕心花怒放。

「我先去忙，你們慢慢聊。」唐紳說完就轉身走了。

「你聽到了嗎？看電影、喝咖啡，我們要約會了喲！羨慕吧？」婕婕興奮到不行，「你們應該不看恐怖電影的，所以剛才沒邀你們。」

「五秒前才看完一部世紀恐怖電影，這是我一輩子看過最恐怖的一部……」王梓搖頭歎息。

「五秒前？啊……你不要這樣啦！嘻嘻嘻……」婕婕這才知道王梓在揶揄她，但仍然覺得甜滋滋的。

「你算了吧！如果我們說要去，在看電影的前一天，我們應該已經被滅口了吧？豆腐人，你同意嗎？」王梓轉頭問。

竇芙的臉色很難看，她僵坐在凳子上，耳裡一直響起剛才婕婕與唐紳的對話，她覺得腦袋無法理智地思考。

「他是故意的嗎？因為那一天的誤會？因為他覺得我不喜歡他？他們要約會了？他們算開始交往嗎？如果我告訴他，我喜歡他，他還會跟婕婕約會嗎？為什麼我那麼在意他們的互動？為什麼我的心會那麼難受？」竇芙無法控制地想了一大堆問題。

「豆腐人！」

「啊！」

「你聽見我在跟你說話嗎？」王梓問，「你的臉色很差，是不是不舒服？」

「對啊，你的手冰冷呢！」婕婕關心地摸了摸竇芙的手。

「我……對，我不太舒服，先回教室。」竇芙站起身，覺得身體有如千斤重。

「哦，那你先回去，待會兒我去買點熱飲給你。」王梓說。

「走吧！」竇芙走後，婕婕拉王梓起身。

「去哪裡？」

「買熱飲啊！」

「宋婕婕，等一下……上一次你說的那個靈魂出竅，我覺得……好像真的是那一回事！」王梓特意等竇芙走遠了才說。

「真的？你又再次體驗了？這一次去哪裡？看到什麼？有沒有看到鬼？不對，你才是鬼，因為你是以靈魂的形體出現！」

「你才是鬼啦！」

「哎喲，快說啦，這一次看到了什麼？人家很心急咧！」

「這一次，應該是延續上一次的，我又看見她了，她躲在垃圾間裡，好像是在玩捉迷藏……但是她一臉恐懼，感覺她知道若被『鬼』找到的話，後果會很慘……」

「哇噻，真的有鬼？」

「捉迷藏裡負責捉人的那個『鬼』啦！」

「哦……嚇死我，我以為真的有鬼！」

「大師，您怎麼看這事？」王梓想聽婕婕的看法，他覺得她懂得很多這一些古靈精怪的東西。

「嗯、嗯，宋大師認為事情並沒有那麼簡單，接二連三地靈魂出竅，肯定是有事要告訴你，要你去做。」

「啊？出體……是因為要告訴我有事發生，要我去做一些事？」

「沒錯。而且，一定要你出馬才能處理，要不然為什麼只有你靈魂出竅？又不見我出體？」

「聽起來好像有道理……」王梓在思考著婕婕的話，她果然有不同的見解。

如果照婕婕這樣說，那事情不是都明白了嗎？

事情就如他所猜測那樣，竇芙受到霸凌，不知道什麼原因不敢求助，因為王梓有靈魂出竅的能力，因此有一股力量讓他出體看見竇芙的遭遇，要借他的力量來救竇芙。

「對，一定是這樣！」王梓斬釘截鐵。

「這樣怎樣？」

「大師說得甚是，精闢見解猶如當頭棒喝，小弟頓悟！」王梓不打算把事情告訴婕婕，他擔心她的大嘴巴把事情告訴竇芙，破壞他的計畫。

「既然頓悟了，那就走吧，快上課了啦！」婕婕走出亭子，不再理會他。

王梓的心情非常激動，他即將展開一連串的行動來幫助竇芙，但他萬萬沒想到，「鬼」……並不是那麼容易對付！

22

自從上一次出體時聽見那一首韓國歌曲後，那旋律就如魔音那樣，王梓一直無法從腦袋中揮走。

這也可能是因為他學音樂，所以對旋律特別敏感。

「那一首歌……一開始的時候，好像在唱『叮咚』，歌曲裡面好像也一直重複『叮咚、叮咚』的……」他在想著如何找出那一首歌的資料。

試一試問Google吧！

他立刻坐在書桌前，在電腦裡輸入「歌詞裡一直重複『叮咚』的韓國歌」。

「有了，那麼多，哪一首才是啊？」螢幕上出現一大堆搜尋結果，看得王梓眼花繚亂，「咦？這一首韓國童謠的歌名叫做『捉迷藏』，會不會是這一首呢？」

他打開該網頁，裡面有一個影片。

於是，他點擊「播放」，歌曲幽幽地播放，還顯示字幕，但都是韓文。

「啊，就是這一首！」王梓像觸電那樣，全身發麻，一聽就馬上認得那歌曲。

他繼續瀏覽該網頁，找到了翻譯成中文的歌詞：

《捉迷藏》

叮咚，門鈴響了快點開門，我來了。
雖然你試著躲藏起來，但這是沒有用的。
叮咚，門鈴響了快點開門，我來了。
現在才試著逃跑已經太遲了，
透過門縫我們兩個對視了，
我想要更靠近的看見你雙眼的恐懼。
叮咚，我進來了，快點逃跑吧！
我們來玩鬼抓人增加一些樂趣吧！
叮咚，我已經來了，快點躲起來吧！
我們來玩捉迷藏增加一些樂趣吧！
我聽見你劇烈奔跑的腳步聲，
我聽見你急促喘息的呼吸聲。
躲好喔，不然你的頭髮會被我看見！
躲好喔，不然你的頭髮會被我看見！
躲好喔，不然你的頭髮會被我看見！
躲好喔，不然你的頭就會被我發現！
叩叩，我就站在你房門前，

我要進去囉，即使沒有經過你的允許。
叩叩，我已經在你房裡了，你躲在哪呢？
這遊戲即將結束，
我搜尋你床底下，你不在這裡，或許躲在旁邊的壁櫥裡。
叮咚！你果然在這！
叮咚！你始終躲在這裡！你輸了！
叮咚！我已經找到你了！你輸了！
叮咚！看來是我贏了！你當鬼！
叮咚！接受你的懲罰吧！
叮咚！這遊戲已經結束了！
沒有人能夠離開……
叮咚！再見了各位……

王梓看完了中文歌詞，膽戰心驚！
怎麼會有那麼恐怖的童謠？怎麼會有那麼可怕的捉迷藏？
雖然被捉的是她，他的心卻感到戰慄。
曲子重複又重複地在播放，他的腦海一直浮現垃圾間裡的畫面，開始覺得昏昏沉沉的……

「띵동 치킨이 왔단다. 어서 문을열어라.
도을 내기엔 이미늦었어.
（叮咚，門鈴響了快點開門，我來了
雖然你試著躲藏起來，但這是沒有用的。）」

咦，這歌聲怎麼不像是從電腦播放的聲音？

難道……

啊，我又靈魂出竅了！

這一次，會是在哪裡？

看到她了，她換了另一套裙子，頭髮還是長長的，沒束起來，幾乎遮蓋了整張臉。

她在樓下的走廊，靠著牆，站在陰影裡，好像一直在留意發出音樂的位置。

「꼭꼭 숨겨라. 머리카락 보일라
꼭꼭 숨겨라. 머리 카락보일라
（躲好喔，不然你的頭髮會被我看見！
躲好喔，不然你的頭髮會被我看見！）」

剛才我聽了無數次，歌詞也看了無數次，現在都知道每一段歌曲的意思了。

她微微地探出頭來，向傳出音樂的方向窺探，但很快就把頭縮回陰影裡，喉嚨發出咕、咕聲。

我發現自己也躲在陰影裡，我順著她的視線望過去，看見四樓的走廊上有一個黑影，靠著圍牆，像一尊石像那樣不動。黑影的位置有一閃、一閃的亮光，他應該是用手機來播放音樂。

忽地，音樂停了。

「띵동 내가들이 왔다. 어서 도내라.

도내기를 하며 놀자.

（叮咚，我已經來了，快點躲起來吧！

我們來玩捉迷藏增加一些樂趣吧！）嗤嗤！」

他竟然自己在低聲地哼著那首童謠，還忍不住偷笑，令人聽了毛骨悚然。

她更加害怕了，因為「鬼」又要來捉她了！

再不躲起來的話，就會被「鬼」捉到了！

看得出她開始慌了。但是，她可以躲到哪裡去？

只見她靠著牆慢慢地移動，雙手在黑暗中摸索，找到了一個入口，她就立刻鑽了進去。

我感覺到自己也跟了進去。

原來這裡是一個公寓底層的公用廁所，裡面大約有四五個隔間，很陰暗、很臭。

她慌張地在黑暗裡摸索，喘氣聲因害怕而越來越重。

她把一間一間的廁所門打開，有的裡面堆滿了雜物，有的門栓壞了，有的甚至連門都沒有。

她越來越急，再不躲，「鬼」就快找到來了！

剩下最後一間了，她推開了門，裡面很多雜物，但她還是躲了進去，立刻把門關上，慌忙地用雜物堵著門，然後爬到馬桶上蜷縮蹲著，不讓「鬼」看見她的腳。

我呢？

我就在她隔壁的隔間，不知道為什麼，我可以隔牆看見她的一舉一動，但卻看不見門外的情形。

許久，沒有聲音。

四周寂靜得可怕。

她不知道他找到哪裡了，我也不知道，只希望她不要被「鬼」捉到。

真的過了很久，她忍不住從馬桶下來，蹲在地上，再趴下把頭靠近地面，想觀察門外的動靜。

她的動作很慢、很慢，怕弄出太大的聲響，被他發現。

當她在地面探視環境時，一雙鞋子突然出現在她的面前！

那雙鞋子離她的臉很近，只隔著一道門！

他找到她藏身的地方了！

當下，她心臟快跳出來了！

猛地向後一退，砰的一聲跌撞在雜物上，她嚇得七魂不見六魄。

「띵동 내가 들어간다. 어서 도을 내.

또 내기를 하며 놀자!

（叮咚，我進來了，快點逃跑吧！

我們來玩鬼抓人增加一些樂趣吧！）」

他竟然還繼續哼那韓國童謠，竊笑。

「找到你了哦……嗤嗤！」他把聲量壓得很低，好像在講悄悄話。

廁所門在動，他想要推門進來，她急忙用手擋著，不讓他推開！

他一下又一下地撞，她的手沒力氣，轉身改用背部抵著門，不讓他撞開！

不要！

突然，空氣又變成一片寂靜，只聽見她「嚶嚶」的抽泣聲。

我討厭這令人不舒服的安靜，因為這意味著接下來會有可怕的事情降臨！

撲通、撲通！

我也分不清這是我的心跳聲，或是她的，也可能我們的心在此時同一節奏地跳動。

可，以，不，要，這，樣，嗎？

我的心臟快負荷不了了！

她也是在等待暴風雨的來臨，身體不停地哆嗦。

嘩啦！

什麼東西？

一大桶的水突然從她的頭上淋下！

她嚇得用手抱著頭，想要躲開，但躲開的話，他就會推門進來了！

她不敢躲開，只好繼續靠著門，忍受著被冷水一桶又一桶當頭淋下的驚駭。

她冷得顫抖，上下牙齒互相敲擊發出咔咔聲，但無處可躲。

「嗤嗤！」

她越是肉顫心驚，他彷彿就越興奮。

不要！不要！

不要再這樣對她！

不要啊！

王梓醒了，頭疼欲裂。

他大口、大口地喘著氣，就像剛剛親身經歷一場駭人的霸凌，驚魂未定。

他一抬頭就看見在休眠狀態的電腦螢幕，這才發覺剛才自己伏在書桌上睡著了。

「豆腐人……不行，我要打電話給她。」王梓按下竇芙的手機號碼。

嘟嘟……嘟嘟……

手機響了很久都沒接通。

「喂……」

終於接通了。

「喂，豆腐人……」

「王梓？那麼晚了，有什麼事嗎？」

「咦？你的聲音怎麼……」

「哦，我感冒了。」

「感冒？那麼巧？」王梓不小心脫口而出。

「巧？怎麼？你也感冒了嗎？」

「啊……對、對，我好像也有點感冒了……」他急忙吸了吸鼻子，「你……怎麼會突然感冒的啊？」

「我……不知道。」

「前幾天不是還好好的嗎？」

「不知道……」
「那你什麼時候開始感冒的啊？」
「王梓，我感冒了，很累，可以不要問那麼多問題嗎？」
王梓覺得竇芙好像在逃避他的追問。
「你打電話給我，到底有什麼事啊？」竇芙有點兒不耐煩。
「我只是關心你……的健康！如果你的身體有什麼不舒服的，或是有什麼令你不舒服的，你可以告訴我，知道嗎？」
「你……到底在講什麼？」竇芙心裡一驚。
「哎喲，總之有什麼事，你都要告訴我就對了。」
「沒事！我很好，什麼事都沒有，感冒也很快就會好，你別操心。」竇芙的反應有點激動，「還有，請你以後別再講一些莫名其妙的話好嗎？」
「喔……沒事就好。」他不敢再進一步追問。
「我真的要休息了，不聊了。」
「哦，好的……」
嘟——
竇芙掛斷了電話。
王梓聽了竇芙的反應，內心更確定她就是「她」，上一次是臉受傷，這一次是感冒，不可能會那麼巧！

「我一定要幫她，只有我知道她的祕密，只有我能夠幫她！」

王梓忘了一點，這不只是她的祕密，這還是「鬼」的祕密，「鬼」可願意讓他知道嗎？

23

「快一點！快一點！要不然就結束了！」

「等等我！我還沒拿手機！」

「哇，你竟然有備而來！你怎麼知道今天……」

「嘿嘿，我表姐是籌委會理事，她告訴我的。」

「原來是表姐通風報信，難怪啦！」

「哎喲，我沒帶手機！我只帶了冊子和筆！」

「沒關係啦，我拍了照片立刻發給你！」

「記得一定要啊……」

幾個女學生嘰嘰喳喳地邊聊邊快步走，像麻雀那樣掠過唐紳的身旁，向禮堂的方向走去，一眼也沒停留在他的身上。

說真的，這麼久以來，唐紳第一次感覺被忽視。

這激起了他強烈的好奇心，他跟在那一班女生的後頭，想去看看禮堂裡有什麼吸引力那麼強。

一打開禮堂的大門，唐紳就明白了。

優美的小提琴聲充塞了禮堂的每一個角落，也塞滿了在場每一名少女的心。

王梓站在高高的舞臺上，閉眼投入他的音樂世界裡，忘我地演奏小提琴，身上彷彿發出耀眼的光芒。

臺下的女生們個個如癡如醉，激動得雙手合掌放在胸前，眼睛眨也不眨一下；有的則悄悄地用手機拍照、錄影。

唐紳這才想起禮堂正在進行著校慶的節目彩排，沒想到王梓也有參與。

一曲完畢，王梓停格了數秒，然後睜開眼睛彎腰鞠躬，臺下立刻響起掌聲，不必看也知道是瘋狂的女粉絲們在熱烈地鼓掌，還大聲呼喊「小提琴王子」。

王梓向臺下看了看，發現唐紳也在臺下。

王梓向他揮手，用手勢告訴他，要找他。

當王梓一走下臺的時候，一群女生蜂擁而上，爭著送禮物，要簽名，或者說幾句愛慕的話。

王梓靦腆地接下禮物，心不在焉地在冊子上簽名，眼神一直往唐紳的位置望去。

「我好喜歡你的音樂……」

「小提琴王子，我可以跟你合照嗎？」

「你的小提琴拉得好棒，可以教我嗎？」

「我也要！我也要學！教我！」

「我也要！」

「我也要！」

「不！是我先要求的，你第一個一定要教我！」

「我有音樂底子，很容易就上手，先教我！」

女學生們開始莫名其妙地嚷了起來，王梓寸步難移，向唐紳發出求救的眼神。

唐紳向他打了一個眼色，板著臉走過去，說道：「同學們，你們都有參與校慶的節目嗎？」

「沒有……」

「只有參與校慶的同學可以留在禮堂，其他人要乖乖回教室上課哦。」唐紳繼續說。

「哦，知道了，會長。」

女生們紛紛離開，還不時回頭看王梓，十分不捨。

「唐會長，多虧有你。」王梓的手上拿著小提琴，還捧著大大小小的禮物。

「誰叫你是新鮮出爐的萬人迷，我都要靠邊站，風頭都被你搶盡了！」唐紳幫他拿一些禮物。

「哎喲，你不要笑我啦……其實，我有事找你。」

「哦？什麼事啊？」

「關於豆腐人的……」

「竇芙？她發生什麼事了？」

「我也不知道具體上怎麼講……我覺得……她好像遭受霸凌了……」王梓也不知從何說起。

「無緣無故的，你怎麼會有這樣的想法？」

「其實，可能你會覺得我迷信。自從我發生車禍後，我就發現自己有了靈魂出竅的能力……」王梓把出體的事一五一十地告訴唐紳。

「啊……」

「而且，我覺得『她』，就是豆腐人！」

「啊……」

「我知道你很難相信，但我相信我的直覺，我99.9%確定，『她』就是豆腐人！」

「還有0.1%的不確定是什麼？」

「唉……好幾次，我都看不到她的臉……不過沒關係，即使沒看見臉孔，我也知道是豆腐人，因為種種跡象顯示，她們就是同一個人！」王梓簡直是斬釘截鐵的節奏。

「是這樣啊……」

「不知道是不是我問得太多，最近我發覺豆腐人開始避開我，不肯透露任何事，我又不敢追問她，怕最後連朋友都做不成……」

「以竇芙倔強的性格，她很可能會因此而疏遠你。」

「你也這麼認為哦？」王梓顯得焦慮。

「啊，我想起一件事，不知道跟你剛才提到竇芺遭受的霸凌有沒有關係……」

「快說來聽聽！」

於是，唐紳便告訴王梓那一次發現竇芺的背包被人惡作劇，拋到樹上的事。

「我以為那只是一場惡作劇，沒想到原來是霸凌。」唐紳這才恍然大悟。

「那我就更加肯定了，不必看到臉孔，豆腐人100%被霸凌了！而且，這霸凌事件還在燃燒著，並沒有停止過！」

「嗯……那你打算怎麼做？」

「這就是我今天找你的目的，我想拜託你幫我關注豆腐人的一舉一動，若有什麼不對勁的，請你務必要立馬通知我！」

「沒問題……但是，我覺得你必須暫時停止表現過於關注竇芺，我擔心她會因此而反感，斷絕與我們聯絡，結果連我這裡也查不出什麼東西。而且，你也別再把靈魂出竅的事向任何人透露，免得引起不必要的麻煩。」

「有道理！那我就不再在她面前提起任何關於霸凌的事，免得她封鎖我，也不會再告訴別人我有出體的特異功能。」

「嗯……你那麼關心竇芺，是不是喜歡上她了？」唐紳突然冒出這問題。

「啊？哈哈……大家都是朋友啊，朋友之間應該互相關心的，不是嗎？」王梓隨便敷衍唐紳，他不敢告訴唐紳他是基於「使命」而去幫竇芺，擔心唐紳會認為他迷信鬼神之說而不願意幫他。

「你說得沒錯，朋友之間是要互相關心，互相幫忙的……」唐紳緩緩地點頭，彷彿在細細地咀嚼王梓的話。

24

今天是衛思禮中學的校慶。

禮堂裡已經坐滿了學生，校方還邀請了學校的董事們觀賞節目，慶祝校慶。

董事會主席主持開幕儀式，教職員與董事們陸續就座後，節目就正式開始了。

禮堂的後臺一片忙亂，擠滿了準備上臺呈現節目的學生。

賓芙坐在一個角落裡，把自己和韻律操隊友們隔離，靜靜地看著人群在她的眼前竄來竄去，大家的情緒都是高昂、激動、興奮的。

她已經換好了韻律操表演服裝，把玩著手上的橡膠球，待會兒她將會呈現球操表演。

這一場表演只有她一個人，那是歐陽教練點名要她獨自表演，而豔豔是她的候補。她覺得受寵若驚，但也引起了隊友不少背後的議論，令她感到壓力不小。

當然少不了芭芭拉故意煽動水果姐妹挑起的冷言冷語，豔豔的臉則綠得像菜色，一點都不豔麗。

她心裡決定，待會兒一定要好好地把表演做得最完美，不辜負歐陽教練的期望。

「豆腐人！」

「啊，王梓？」

「咦，今天你也有表演？」王梓指了指她的服裝及手上的橡膠球。

「嗯。」

「哦，我也是呢！拉小提琴。」

「哦。」

「怎麼了？緊張？不會吧？」王梓把她的橡皮球拿過來把玩。

「沒有。」

「喔……」王梓不敢問她感冒的事，或觸碰任何與霸凌有關的事，一下不知道要聊什麼話題才好。

「竇芙同學，原來你躲在這裡，害我到處找你。十分鐘後輪到你出場了，還不快去準備！」負責催場的同學在催促，「小提琴王子，竇芙同學的表演後，輪到跆拳道表演，接下來就輪到你了。你也快預備一下！」

「哦，我要先去上個廁所！」竇芙急忙站起來。

「我的小提琴在另一邊，我現在去預備。」王梓把橡膠球放在竇芙的位子上，「你的球就放在這裡哦！」

「放在那兒可以了！」竇芙邊往廁所跑，邊轉頭回答。

「你們的動作快一點行不行！」催場同學急得飆汗。

竇芙用最快的速度上廁所，然後奔回來後臺拿橡膠球。

「啊，我的球！」她把橡膠球拿在手上，立刻覺得不對勁，球已經洩氣了，上面竟然插著一枚釘子，「怎麼會這樣？」

「竇芙同學，還有三分鐘就到你了！快跟我來。」催場同學來帶她。

「同學，我的球出了狀況，洩氣，不能表演……」竇芙快哭出來了。

「什麼？你別跟我開玩笑，下一組的跆拳道隊員還不齊，來不及對調節目啊！」催場同學快急瘋了，「你的隊友呢？快跟她們借球啊？充氣工具呢？快充氣啊！」

「充氣工具在教練那裡，我這就去拿……」竇芙手足無措。

「這怎麼搞的？快來不及了！」催場同學快抓狂。

「同學，我先來頂上，你快通知主持人，節目順序有更改！」王梓剛好趕來，臨危不亂。

「好，你獨奏，容易安排，就先由你頂上！」催場同學邊用對講機聯絡，邊擁著王梓準備出場。

王梓回頭給竇芙一個OK手勢，她報以感激的眼神。

竇芙怔怔地看著她那突然洩氣的橡膠球，不知道為何會這樣，明明之前捧在手裡還好好的。

她慌亂的眼神到處飄，想要向教練求助，趕緊充好氣，待會兒還要上臺表演。

不知道是不是竇芙多疑，當她尋找教練的蹤影時，發現豔豔正從遠處注視著她，直到她接觸到竇芙的眼神時，才把視線移走，跟芭芭拉說話。

竇芙終於看到歐陽教練了，急忙向她要充氣工具。

「怎麼會這樣？你在表演前怎麼沒好好地檢查器具？」忙著為團體操表演做準備的歐陽教練皺起了眉頭，「充氣工具在那兒。」

竇芙沒說什麼，連忙坐下為橡膠球充氣。

但是，無論她如何充氣，橡膠球都無法充滿氣，她發現球面竟然有一道裂縫，空氣都從裂縫裡洩出來！

「啊，誰割爛了我的球？」竇芙發覺那裂痕是新的，有人趁她剛才走開時，用美工刀深深地割了下去。

「喲，你的球還好吧？待會兒要Solo，可別失水準哦，你可是歐陽教練的愛將呢！」芭芭拉走了過來。

「竇芙，怎麼了？」豔豔也走了過來，「咦，你的球……」

「啊，球爛了？竇芙，你也太不專業了吧？連自己的器具都沒保護好，臨上場竟然發生這種事！」芭芭拉搶過竇芙的球來看。

「還給我！」竇芙又急又氣，大喊著把球搶過來。

「怎麼了？球充好氣了嗎？」歐陽教練聞聲走過來。

「教練，你看，竇芙得球裂縫那麼大，怎麼充得到氣？不如讓豔豔頂上吧！」芭芭拉趁機落井下石。

「教練……」竇芙一聽到芭芭拉的建議，委屈的眼淚立刻不受控制，唰唰流下。

「歐陽教練，怎麼樣？賚芙同學的球操還可以表演嗎？請快做決定，馬上就要輪到她了！」催場同學來催促了。

歐陽教練看到賚芙的情緒很不穩定，於是說道：「豔豔，你去準備，頂替賚芙表演球操！」

「可是，教練……」賚芙不要這樣的安排。

「太好了！我們的韻律操公主，我就說你一定有機會Solo的，快去準備！加油！」芭芭拉興奮地蹦跳。

豔豔的嘴角萌起了勝利的笑意。

一下子，大家都散開了，剩下還沒回過神來的賚芙，咚的一聲坐在椅子上，一切發生得太快了，她迎接了個措手不及。

在臺下的觀眾與嘉賓們完全沒察覺後臺所發生的狀況，王梓的小提琴演奏頗有大將之風，一出場就深深地把他們吸引住了。

尤其是衛思禮中學董事會的主席，更是非常讚賞王梓的音樂才華，還特地在中場休息參觀學生展覽作品時，請校長找了他過來。

「啊，原來你的腿……」當董事會主席發現了王梓的缺陷時，緊緊地握著他的手，顯得有點激動，「年輕人，好好表現你的音樂天賦，若需要任何資助，董事會會全力支持你，未來的舞臺會是你的！難得，真難得！」

「謝謝主席，為了音樂，我會加油的。」王梓還是第一次與他會面呢。

「非常好。」

「呵呵，唐主席，您的公子在我們學校的表現也非常出色，學術、運動都名列前茅呢！」校長的話充滿了恭維。

「哦，是嗎？差多了吧？」董事會主席用眼角喵了喵在他不遠處，一直伴隨在旁負責接待的學生會會長——唐紳。

他都聽見了。

25

竇芙把剛換下的衣物丟進自助洗衣機裡，然後關上門，投下代幣。

幾乎在每一次的訓練結束後，她都會來這一家位於學校附近的自助洗衣店清洗、烘乾韻律操衣物，她都不敢帶回家洗，因為擔心奶奶會懷疑。

「唉……」

竇芙不知道到底怎麼了，最近好像很多事情發生，生活一團糟。

以往在自助洗衣店裡，結束訓練後的心情總是愉悅的，她會一邊等待衣物洗乾淨，一邊用耳機聽韻律操舞曲，把之前訓練的動作在腦海裡複習一遍。

可是，現在塞滿她腦袋的卻是歐陽教練冷峻的神情，以及隊友們的竊竊私語，因為校慶那一天的事故。

剛才她完全無法投入在訓練中，結果頻頻出錯，但是歐陽教練只在遠處冷冷地觀望，並沒有走過來指導她。

「我寧願你罵我，也不要這樣不理我……」竇芙整個身體就像毫無生氣的泥巴那樣癱在椅子上，緊閉著雙眼，心裡很難受。

咔啦！

咦？洗衣店裡還有其他顧客？

竇芙急忙坐好，她看見一個高高的背影在投代幣進入機器裡。

那個人的袋子就放在她不遠處的椅子上，好像在哪裡看過，當她看見袋子上的鑰匙圈……

「啊，你怎麼會在這裡？」竇芙感到很驚訝。

「洗衣店，當然是來洗衣啊！難道來這裡看電影嗎？」唐紳轉過身來對她笑。

「喔……」唐紳的回答讓竇芙想起了那一天宋婕婕約他看電影的事，心情就莫名的低落。

「開玩笑的，別那麼認真。」唐紳在竇芙的旁邊坐下。

「電影……精彩嗎？」她突然冒出一句。

「嗯？」唐紳不知道她在想著什麼。

「我……對不起。」竇芙發覺自己太唐突了，立刻轉頭看著地上嘀咕，「我在亂說什麼……」

「哦……電影。」唐紳好像明白了，「恐怖電影？」

她依舊低著頭，不敢再回應什麼，但心裡實在太想知道了，希望唐紳會繼續說下去。

「你想知道我和婕婕的電影約會進行得如何？」他看著她的表情玩味。

哎喲，他是竇芙心裡的蟲嗎？要不然怎麼會知道她在想什麼？

「為什麼你想知道？」

「我……」

對啊！竇芙，幹嘛你想知道？人家去約會，關你什麼事啊？

「你介意我和婕婕約會？」

「……」

「你不是不喜歡我嗎？既然不喜歡我，幹嘛那麼在意我和她有沒有約會啊？」

「……」

「你不說，我就不告訴你哦！」

竇芙心急得很，她好想把自己的心意告訴唐紳，告訴他，他誤會了，事情並不是他所想的那樣，可是卻沒勇氣開口。

「唉，算了吧，原來我依然是個不討人喜歡的傢伙！不想一起看電影的，就想約我；想和她一起看電影的，人家就不理我！到最後，只有我一個人看。」唐紳突然歎了一口氣。

「你們……沒去看電影？」竇芙不敢相信地看著他，心裡像開了一朵花。

「你希望我們去看電影？」

「我……」竇芙的心裡話差點兒就衝出口，不過她最後還是保持女生的矜持，克制了自己。

「如果我約你看電影的話，你會不會答應呢？」唐紳繼續逗她。

當然答應啊！

竇芙不知多想要唐紳開口約她。

「哈哈，開玩笑的，不逗你了，你每一天都忙著訓練，哪兒來的時間看電影呢！」

什麼？原來只是開玩笑？竇芙心裡剛盛開的花迅速枯萎中。

唐紳總是讓她的情緒如坐雲霄飛車那樣，一下飛得老高，一下衝進谷底，她的心臟快受不了了。

「我聽說了那一天校慶表演的事，你……是不是被設計了？」唐紳突然提起。

「啊？」竇芙吃了一驚。

「之前你的背包被人拋到樹上去，後來你的臉在訓練時受傷，校慶時也發生狀況……這一些事情，是不是有人在做一些小動作？你不妨告訴我。」

「這全都是意外！」

「真的嗎？你的隊友都沒發生意外，為什麼只有你接二連三地出事？」其實唐紳也不肯定他的推測是否正確。

「我……」竇芙無法解釋。

「其實，你心裡是知道原因的，對嗎？如果你選擇繼續沉默的話，她們一定會變本加厲！」

「……」

「告訴我吧，別一個人憋在心裡，讓我幫你，好嗎？」

「我自己會處理……」

唐紳突然站了起來，說道：「那好吧，我就告訴你的教練，在她的韻律操團隊裡發生了隊員霸凌事件，請她調查清楚！」

「不要！」竇芙急得拉住唐紳的手臂，不讓他去。

「這牽涉到了校園紀律問題，我身為學生會會長，既然知道了有這樣的事情發生，我有責任這麼做。」唐紳嘗試掙脫她的手。

「不可以告訴教練！」竇芙抓得更緊了。

「為什麼？除非你能給我一個充分的理由。」

「她們都是資優生，家裡有錢……我只是一個家境貧窮的學生，萬一教練相信她們，不相信我，校方認為我在破壞學校的名譽……我只有韻律操，如果把事情搞大了，我連韻律操都沒得參加，我就……什麼都沒了……什麼都不是……」竇芙說出她的苦衷，「你們這一些家境、背景好的學生，根本不會了解……」

「嗯……」

「求求你，別告訴教練……」

「所以說，校慶的意外，也是同一批人幹的？」

「她們一直以來都看我不順眼……」

「原來是這樣……我明白了，放心，我不會去告密。」唐紳指了指她的手，「你的手……現在不必抓得那麼緊了。」

「啊！對不起！對不起！」竇芙立刻鬆開手，唐紳的手臂上清楚地印了一條一條的手指痕。

「我不告訴你的教練你被欺負的事，但是，你必須答應我，以後有什麼事，你都要對我說。你知道嗎？你受傷了，我會很心疼的……」唐紳在她的耳朵邊輕語。

「啊……」竇芙又有觸電的感覺了，顫抖了一下，原本快枯萎的花，突然被注入強大的生命力，盛放，大盛放，鮮豔動人，芬香撲鼻！

竇芙的心，開滿了美麗的花。

但是，她萬萬沒想到，有人在對面的速食店裡一直在留意著他們。

如果她知道今天發生的事會給她帶來那麼嚴重的後果，她絕對、絕對不會出現在洗衣店裡！

26

「大新聞！大新聞！你們有看到嗎？」

「你說的大新聞，難道是『校園吹水站』裡的那一則？」

「對！就是那『花痴女中學生在校外糾纏高顏值高材生不放』！哇噻，這標題實在太聳動了！」

「照片的背景看起來很像學校附近的自助洗衣店，難道是我們學校的學生？」

「新聞內容裡只是寫了城內著名的×××中學，我們學校的名字也是三個字，難道……」

「你們不覺得那男生……很像我們的男神會長嗎？」

「真的！經你那麼一說，我越看越像！那……那個女生是誰？」

「悄悄告訴你們，我收到內幕消息，那女的也是本校學生，高一的。」

「喂，你們快看看網友們的留言！」

「哇，你竟然帶手機來學校！」

「要死啊，小聲一點啦，手機被沒收的話，你賠給我！」

「我看不到，你念出來給我們聽！」

「OK！OK！你們別擠，我把留言念出來……

粉 粉紅草莓
哇，現在的女中學生好大膽，竟然在公共場所跟男生拉拉扯扯的，真的是丟盡了我們女生的臉。

叨 叨叨
那男生很明顯想要擺脫她，但是她抓緊不放。

豆 土豆
是不是男生要分手，女生不答應，所以才上演拉扯戲碼啊。

狼 大野狼
男的一定是高富帥，女生才會不肯放手唄。

羊 羊咩咩

對啊，一定是這樣，這女生太不要臉了吧。

耿 耿耿

根據路邊社消息，聽說兩個都是衛思禮中學的學生，男的還是學生會會長，運動、學業成績都很好，家裡有錢，還長得好看，真的是名副其實的高富帥。

嘿 嘿喲

高富帥哦，難怪那女生會變花痴。癩蛤蟆想吃天鵝肉嗎？哦，應該是小鮮肉，哈哈……

B Blackpink

女生呢？有誰認識她？快上來『爆料』一下。

妖 妖妖

聽說這女生只是成績普通的學生，沒什麼特殊背景，樣貌一般，而且皮膚偏黑。

小確幸

我姐知道她是誰！她的名字叫做賣芙。我姐是韻律操校隊，她出賽時曾經見過這女生幾次，她可是韻律操高手，獲獎無數。

壞寶寶

韻律操高手又如何？女生就要有女生的矜持，她這樣拉著男生成何體統？我看不起這樣的女生。

啾咪

對對對，說得沒錯，女生一定要有矜持，要自重、自愛。

大奸人

鄙視花痴。

Sasa

鄙視花痴×10000。

哇噻，留言太多，讀不完呢……」

「哇，這麼說，確定了他們就是我們學校的學生囉？真的是唐會長哦？我不能接受！」

「會長怎麼會跟這一塊豆腐在一起啊？喔，我的男神！」

「肯定是那塊豆腐勾引會長，她在照片裡不是一直拉著會長的手臂不放嗎？你沒看到會長想要掙脫嗎？」

「對、對！網友們也這麼說！可憐的會長是受害者，一定是這樣！」

校園裡就像投下了一枚是非炸彈，「砰」一聲炸開後，流言滿天飛。

花痴女中學生在校外糾纏高顏值高材生不放！

竇芙在昨晚就已經看到了「校園吹水站」裡的貼文，那標題看得她提心吊膽，刺眼得很。

「我是花痴？我纏著高材生不放？我真的是這樣不知羞恥？」她開始被鄉民的言論所影響，懷疑自己真的是那樣的人。

她覺得心裡很難受，自己被攻擊就算了，現在還連累了唐紳，影響他的形象。

唐紳呢？他也看到了那貼文嗎？一整個晚上，他都沒有聯絡她，他在生氣嗎？他在怪她嗎？

幸好竇奶奶不會上網，也很少去留意這一些網路新聞，要不然就糟糕了。

今天來到學校的時候，很多同學看到竇芙後都掩著嘴在竊竊私語，隱約中聽到她的名字。

談論八卦總是令人興奮，大家都怕落後，巴不得比別人知道得更多，可是他們永遠不知道成為八卦話題主角的感受是多麼的難堪、害怕。

竇芙低著頭，加快腳步走到自己的教室裡，就像是個做錯事的犯人。

王梓看著她走進來，眼神充滿了關心，心裡有很多疑問，可是他什麼都不敢問。

「我……早上見到唐紳，他叫我把這字條交給你。」王梓把一張折起來的小紙推到竇芙桌上。

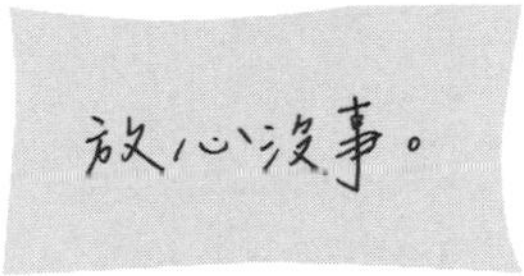

打開字條，上面只寫了四個字，她知道唐紳沒怪她，感到一絲安慰，眼淚忍不住就滑了下來。

27

「花痴女中學生在校外纏著高顏值高材生不放」竟然在幾天內成為校園吹水站的第一熱門貼文，事情越演越烈，各種八卦言論每一刻更新，談論者說得繪聲繪色，好像大家都有在現場目睹了整件事情的發展那樣。

演變到今天為止，賓芙已經成了「網紅（網路紅人）」，還被冠上一連串的罪名：家庭背景複雜，在校外行為不檢點，亂搞男女關係，敗壞校風！

神通廣大的鄉民不知道從哪裡打聽到她的家庭背景，得悉她的父母已逝世，從小由奶奶帶大，結果這也變成他們把指責合理化的理由。

對於這莫須有的譴責，賓芙以為過了幾天就會平息，萬萬沒想到會變成那麼嚴重，不斷有鄉民在煽動，炒熱這話題，不肯甘休。

賓芙發現每一次都是那幾個鄉民在撥動大家的情緒，每當有較理智的言論出現要為賓芙平反，或呼籲她站出來澄清時，那幾個鄉民就如鍵盤判官那樣，不斷地攻擊，甚至一口咬定他們與賓芙同一夥，直到沒人敢反駁他們，以免惹來一身腥。

賓芙點擊進去看，發覺那幾個鍵盤判官都是新帳號，裡面完全沒有任何內容，讓她不禁懷疑是為了她的貼文而開的帳號。

「如何澄清啊？難道說我拉著唐紳是因為不要他去告發霸凌者嗎？事情曝光了，她們會放過我嗎？她們的父母都是家協甚至董事會的理事，如果她們否認霸凌，大家一定會相信她們，認為我在撒謊，那後果豈不是變得更嚴重，甚至連韻律操都沒辦法練了！」

竇芙心慌意亂，她知道無論如何都不能把真相說出來，只能選擇默默地忍受，希望這一件事情會很快地被大家淡忘。

放學後，她如常地在禮堂裡進行訓練。

很明顯的，隊友們都在對她指指點點，即使她努力專注在訓練上，幾句難聽的話語還是會鑽進她的耳裡。

「就是她？真沒想到她是這樣的女生……」

「我一直還把她當作學習的對象，沒想到她的私生活竟然那麼亂……」

「平時的她總是很文靜，很少與我們說話，原來她只喜歡和男生交流……」

「那一些文靜的人啊，內心比你還要狂野呢……」

越不想聽，她就越聽到隊友們對她的評論，她也發現到芭芭拉、豔豔和水果姐妹今天好像特別高興。

尤其是平時黑著臉的豔豔，今天的心情好像很好，笑容一直掛在臉上。

芭芭拉更是不斷地用力讚美，盡顯阿諛奉承之能事，令竇芙覺得厭惡。

「我成了網路惡言攻擊的對象，她們應該會很開心吧？」

突然，大家紛紛把目光投向同一個方向。

原來校長來了，他向歐陽教練走過去。

「你們繼續練習。」歐陽教練交待女生們後，跟校長走到一邊說話。

「校長怎麼來了？他很少在我們的訓練時間裡打擾歐陽教練哦，難道有什麼重要的事？」

「你們看看教練的神情那麼嚴肅，肯定有嚴重的事情發生了！」

「校長的臉色也很難看呢！」

「哇，別嚇我，不會跟我們有關吧？」

「肯定跟我們韻律操隊有關，要不然校長幹嘛來找歐陽教練？」

「喂，你們沒收到『風』嗎？聽說有隊員的家長投訴校方，說韻律操校隊是代表學校的團隊，不應該允許任何隊員有不檢點的行為，要不然會破壞學校的聲譽。他們要求校長處理這問題，我相信這就是校長今天來見歐陽教練的目的……」

「行為不檢點？說的不是現在大熱的『花痴』事件嗎？」

「難道校長要歐陽教練把『她』趕出韻律操隊？」

「那有什麼問題？自己行為不檢點，別影響了韻律操隊的聲譽，這一種害群之馬，最好立刻離隊。」

「我很好奇，是誰的家長去投訴啊？」

「我知道是誰！」

「你知道？快說！」

「是豔豔和芭芭拉的媽媽！」

「她們兩個的媽媽？哇噻，你怎麼會知道的？」

「嘻嘻，因為她們的媽媽分別打電話給我的媽媽，邀我媽媽一起向校長投訴。我媽媽問我是否知道這一件事，後來媽媽忙得忘了答覆她們，看來她們沒耐心再等了，自己找校長投訴去，所以，我就知道囉……」

「原來是這樣……」

「看來，這一場風波可不小，不知道歐陽教練會如何處理，那可是她的愛將哦……」

校長跟歐陽教練談了約十分鐘後就離開禮堂，目光有意無意地停留在竇芙身上數秒，令大家更確定校長的到來與她有關。

歐陽教練用力地拍了幾下手掌。大家以為校長走後，她一定會喚竇芙來問話，於是紛紛停下來等她說話。

但是，歐陽教練只說：「專心一點，別讓我看到你們在偷懶！」

大家有點兒失望，有一種沒好戲看的感覺。

竇芙努力地把注意力放在訓練上，不去想其他的事。

訓練時間結束了，隊員和助教們陸陸續續地回家，竇芙還沒離開，她不想和其他隊友一起走，不想聽見她們評論她的事。

歐陽教練也還沒離開，她正在刷手機。

「竇芙，你過來。」歐陽教練向她招手。

竇芙一怔，立刻走過去。

「我不轉彎抹角了，照片裡的女生，是你嗎？」歐陽教練把手機給竇芙看，螢幕上顯示的就是她和唐紳在自助洗衣店裡被偷拍的幾張照片。

「是……」竇芙很艱難地才從口中吐出一個字。

「你可以解釋？」歐陽教練的語氣溫和，她並不相信竇芙的品格如傳言說得那般不堪。

「教練，我……沒有任何解釋。」她一說完就閉上眼睛，把頭低下。

「你的意思是，那一天發生的事，就如貼文所寫的那樣？」歐陽教練有點激動，她沒想到竇芙的答覆竟然是這樣。

「不是那樣的！」

「那你要把實情說出來啊！」

「我……沒辦法解釋……」

「你說傳言不是真的，但你卻沒辦法解釋照片裡的行為……」歐陽教練對竇芙的反應很急躁，「那叫我如何幫你啊？」

「我真的沒辦法解釋……」竇芙知道一旦解釋了，後面隨著來的會是大海嘯，後果不堪設想。

「好吧……你暫時先退出校隊，以普通隊員的身分參與韻律操隊，直到我們通知你為止。」

「啊……那我是不是不能出賽了？」

「再看情況如何，就這樣決定。」歐陽教練的臉色很難看。

「是的，教練……」竇芙不敢再說什麼，她拖著沉重的步伐，轉身離開。

「唉……」

竇芙走到一半，聽見背後傳來深深的歎息，充滿了失望。

「對不起！對不起！對不起！教練，我真的很抱歉，辜負了你的期望，請原諒我，我真的不能說出真相！我不能！」

竇芙的心像被撕裂般，痛苦地吶喊。

28

「띵동 치킨이 왔단다. 어서 문을열어라.
도을 내기엔 이미늦었어.
（叮咚，門鈴響了快點開門，我來了
雖然你試著躲藏起來，但這是沒有用的）」

啊，韓國童謠！

捉迷藏又開始了？

怎麼又出體了？

我在哪裡？我在哪裡？

這裡怎麼那麼狹窄？

我怎麼會趴在地上？

豆腐人呢？

看到她了！

她就在我的旁邊，跟我一樣趴在地上，凌亂的頭髮遮住了她的臉，只看到她的雙手放在下巴下面。

這又是什麼鬼地方啊？

「짤짤대는 너의 침소리가 들려오네.
거칠어진 너의 침소리가 들리는 듯
（我聽見你劇烈奔跑的腳步聲，
我聽見你急促喘息的呼吸聲。）」

等一下，音樂聲音好像很靠近，我要趕快弄清楚我的位置，要不然音樂一停，「鬼」就要來抓人了！

豆腐人到底躲在哪裡？

頭頂差幾公分就碰到板……旁邊有雜物……很多灰塵……外面的環境漆黑，但還看得出是個房間……啊，我知道了，這裡是床底！

這一次她躲在床底！

咦，音樂停了，空氣一片寂靜，只聽見她壓抑的喘息聲。

聽到了，外面的走廊好像有腳步聲。

「C－2－5……C－2－6……C－2－7……C－2－8……」他一邊走，一邊念。

當他念到C－2－8時，她的身體震了一下。

許久，沒有腳步聲了，也沒有聽見他的聲音，難道……這一戶就是C-2-8？

這公寓區那麼多戶，為什麼他那麼輕易就找到她藏身的位置？

看起來好像是無論她藏在哪裡，都會被他找到。

這樣的捉迷藏，當「鬼」的永遠不會輸，躲藏者一定會被捉到……難怪她即使躲得多隱祕，也依然難以克制心中的恐懼，因為她知道會被找到。

吱嘎——

外面傳來開門的聲音，他真的找到來了！

「똑똑 저금통앞에 왔다.
（叩叩，我就站在你房門前……）嗤嗤！」

啊，他在哼唱那首曲子，還竊笑！

他的腳步聲已經到房門外了！

她顫抖著把身體再往裡面縮，但裡面的雜物不允許她再後退。

「저금통을 짜를것인데. 허락은 구하지 않을게.
（我要進去囉，即使沒有經過你的允許……）」

房門打開了，我看到他的腳踏進來了！

「똑똑 지금 들어왔다. 여기에도 없네.

（叩叩，我已經在你房裡了，你躲在哪兒呢？）」

他會不會發現我們就躲在床底啊？

千萬不要！

他在房間裡放輕腳步慢慢地走，慢慢地找，一邊搜，一邊輕輕地哼曲子。

嗒……嗒……

很輕的聲音，什麼聲音？

啊！她在流眼淚，那是眼淚滴在地板上的聲音。

她承受不了心中的驚駭，眼淚控制不住而流下。

他彷彿察覺了這微小的動靜，定格了數秒，然後緩緩地向床邊走過來。

啊！

她急忙用手捂著嘴巴，不讓任何聲音從嘴裡發出來。

一步一步地，他的腳越來越靠近，最後剩下了伸長手臂就能碰到的距離。

我們屏著呼吸，心猛烈地跳動。

他是不是發現我們藏在床底了？

他在床邊大約站了一分鐘，我覺得就像一世紀那麼久，每一秒都過得懸心吊膽！

他在房裡走了一會兒，最後終於轉身走出房外。

聽到大門關上的聲音後，她緊繃的神經這才放鬆一些，我也一樣。

她繼續在床底待了一會兒，才決定爬出來。

她蹣跚地走到房門，凝神聆聽門外的動靜後，才敢開門，我也跟著她一起走出去。

他應該走了吧？

她小心翼翼地拉開窗簾的一個小角落，窺探屋外的情況。

她慢慢地轉開大門的門把，儘量不要發出太大的聲響。

但是，開門時，生鏽的門葉還是堅持要作聲。

呀——

她停了下來，過了一陣子再拉開一點，一扇門好不容易才開了一個足夠讓她的身體鑽出去的縫。

突然，她整個身體往下墜，難道被發現了？

但是，她沒有躲起來，反而雙手、雙膝蓋著地，像狗兒那樣慢慢地爬出屋外。

原來她怕站著行動會被發現，所以選擇在地上爬，借走廊上的圍牆來遮掩，那麼就沒那麼容易被他發現了。

她在地面上匍匐而行，我也跟在她的後面爬，雖然不知道她想要做什麼，總之祈禱不要被「鬼」捉到就行了。

這裡是二樓，她爬到樓梯口，停頓了一下，還是沒站起來，換了個方式，抓著扶手，坐著一階、一階地下樓梯，我也跟著她這樣做。

我們戰戰兢兢地移動，生怕他不知道會不會突然出現在面前。

我們從二樓，下到一樓，最後到達底層。

她還是沒站起來，繼續靠著牆在地上爬，畏懼地探出頭來觀察走廊的情況。

這捉迷藏要什麼時候才結束啊？

她是想要換地方躲藏嗎？

或是……啊，難道她想趁機逃跑？

對啊，趁現在「鬼」在其他的角落找尋她，那麼她就可以乘機逃走啊！

那麼，她就不用再留在這裡玩捉迷藏了！

沒發現他的蹤影，她繼續慢慢地在地上爬，只要再經過廁所及一間活動室，她就抵達走廊盡頭，可以往草叢間的小徑逃去，相信那條小徑就是出口。

加油啊，豆腐人！

你一定要成功！

砰！

啊，什麼聲音？她停了一下。

不怕，聲音聽起來有點遠，應該是五樓以上傳來的。

那表示「鬼」在樓上搜尋，並不在樓下，這是一個逃走的大好機會啊！

相信她也想到了，只見她又開始爬了，而且爬得很急、很慌，好幾次膝蓋壓到裙腳，差點兒撲倒。

我也跟在後面爬。

已經經過了廁所，再過去一點就是活動室了！

趁他還在樓上，快！

但是，可能爬得太久，膝蓋疼痛，她的動作開始變慢。

活動室共有前後兩扇門，我們正要經過第一扇門。

「嗤嗤！」

啊，竊笑聲！

他不是在樓上嗎？為什麼笑聲聽起來那麼靠近？

難道……

她也聽見了竊笑聲，打了一個冷顫，動作更急了。

當她經過第一扇門時，突然……

一隻手從半掩的門伸了出來，用力地抓著她的小腿！

他竟然躲在活動室裡等她經過！

「啊！」她驚叫，急忙出盡全力甩開小腿上的「魔爪」，驚慌地往前爬！

我的媽呀！我嚇得魂飛魄散，急忙爬到她的旁邊，不讓「鬼」扯我的小腿！

「嗤嗤！」

感覺他的竊笑聲正慢慢地從腳底爬上我的小腿、大腿、臀部、背脊，令我全身發麻！

我在慌亂中轉頭一看，啊，他竟然學她那樣，低著頭在地上爬行，還邊爬，邊竊笑！

他看起來很興奮，呼吸聲急促。

可憐的她嚇得膽裂魂飛，膝蓋上的血水加汗水令她好幾次撲倒，撐起身體再繼續急亂地往前爬！

好幾次，他伸手抓到了她的小腿，但腿上的汗讓她成功掙脫了！

他再次伸手往腳踝的部分抓去，一拉，她整個身體往地面撲，這一次她掙脫不了，完全無法再移動半步。

她無力地轉過頭來，如砧板上的魚般恐懼地在等待刀子何時落下，已經徹底放棄了逃生。

他的手始終抓著她的腳踝，緩緩地拖向他……

不要啊！

突然，他停下了動作，在陰暗中，我感覺到他好像往我的位置看過來！

他看到我了？

我……被他發現了？

「啊！」王梓從床上彈坐起來，感覺毛髮倒豎，頭疼欲裂。

他的心臟劇烈地跳動，大口地喘氣，面如死灰。

「他看到我了？他是不是看到我了？好可怕！唯一可以解答的，就是豆腐人，可是，我答應了唐紳暫時別跟她提起霸凌的事……怎麼辦？他會不會對我做出什麼事？天啊，我該怎麼辦？」

王梓越想，頭就越疼。

最後，他決定把這事情告訴唐紳。

29

遠遠的，王梓就看見一群初中女生包圍著一名高挑的男生，吱吱喳喳地在說個不停。

不知道為什麼，他的腦海立刻浮現西遊記裡的唐僧被一群女兒國裡的女人纏繞著的畫面。

唐紳如紳士般一一地回答她們的問題，遇到太私人的問題，他就以陽光的笑容來帶過。

不知道哪一個女同學發現王梓走了過來。

「小提琴王子！」女生們低呼了一聲，紛紛向王梓跑過去。

唐紳抬頭一看，原來是王梓來了，他也向王梓走過去。

「同學們，現在是空堂時間，你們快去吃早餐，待會兒才有精神上課哦。我和王同學有重要的事要談，可以給我們一點空間嗎？」唐紳把手搭在王梓肩膀上，為他解圍。

「好的，會長。我們這就去吃早餐！」

「嗯，乖哦。」不愧是唐紳，三兩下就打發走一大班女生。

「唐紳……」

「走，我們去那一邊。」唐紳把王梓帶到遠離人群的操場邊。

他們坐在石凳上。

「你昨晚說有急事要告訴我，到底什麼事啊？跟竇芙有關？」

「是……我昨晚又出體了，又看到他們玩捉迷藏……」王梓嚥了一口口水，把昨晚靈魂出竅的經過告訴唐紳。

「嗯……」唐紳皺著眉頭在深思。

「你說，那『鬼』……是不是看見我了？」

「有這可能性。」

「啊！那……怎麼辦啊？他會不會像對豆腐人那樣，對付我啊？說起來，我心裡每一次都希望豆腐人可以成功逃走，他一定認為我跟她是同一夥的！」

「嗯……」

「豆腐人到底發生了什麼事？你找了她談對嗎？那幾張網上流傳的照片，是不是你們見面的時候被偷拍的？」

「對……」

「那你們談了什麼？她是不是遭到霸凌了？你快告訴我啊，心急死了！」

「她的確被霸凌了，我懷疑霸凌者是她韻律操隊裡的隊友……」唐紳把所得到的資訊告訴王梓，「沒有韻律操，她就一無所有了。」

「啊，可憐的豆腐人……那麼，她有沒有提起任何關於『捉迷藏』的事？」

「嗯，我倒沒問她。但是，並不排除是那一班人叫外人做的，以免露面。」

「那整件事情就真相大白了！唐紳，真的非常感謝你啊，幸好有你的幫忙，要不然，我永遠都不知道發生在豆腐人身上的問題。」

「你千萬別去問她，也萬萬不能讓她知道我告訴你她被霸凌的事啊！要不然，她不會再信任我，不再向我透露任何事了。」

王梓立刻做了一個在嘴巴拉上拉鍊的動作，表示不會說出去。

「而且……」唐紳有點遲疑。

「而且什麼？」

「我覺得竇芙會為了掩蓋被欺負的事而對你說謊，所以，她說的話，你別太相信。」

「嗯，我明白的。」

「話說，你說那一隻『鬼』好像發現了你的存在？」

「對啊，我一想到就骨寒毛豎，不知該怎麼辦才好。」

「我認為，如果要讓事情不再惡化，你就要停止出體。」

「這……我也想啊，但是控制不到！每一次的出體，都不是我的意願，我完全沒辦法壓制我的靈魂，不讓它飄出去。而且，每一次的出體之後，我的頭都會疼得要我的命，我也不想再承受這樣的痛苦，但是卻停止不了，也不知道下一次會是什麼時候……」王梓很無奈。

「或許，你別再去想『捉迷藏』的事，可能就不會再發生了。要知道，假設那一隻『鬼』已經發現了你的存在，而你再次出體與他相遇的話，後果不堪設想。我擔心你的安危。」唐紳勸說。

「你說得很有道理，日有所思，夜有所夢。我會儘量控制自己別去想『捉迷藏』。我真的無法想像，如果再次被他發現，他會不會一心血來潮就把我抓去，強迫我玩『捉迷藏』，要我躲起來等他慢慢來找……」王梓不由自主地打了一個冷顫。

30

放學後，王梓向學校附近的速食店走去。

他踏入速食店後，站在門口張望。

「王梓！這裡！這裡！」

遠遠看到宋婕婕在靠玻璃牆的位置熱情地向他招手，另一隻手拿著漢堡包，高昂的聲音引起不少人的注意，裡面有很多衛思禮中學的學生，他覺得有點丟臉。

「快坐下！」婕婕指著她對面的椅子，桌面上滿滿的都是吃到一半的食物。

「哇，你三天三夜沒吃東西啊？」王梓瞪大眼睛看著滿桌的食物。

「你亂講啦！不好意思，原本我打算等你來才吃，可是坐在這裡，食物的氣味一直飄過來引誘我，所以就忍不住……呵呵！」婕婕說完再咬一大口漢堡包。

「了解。」王梓看著她鼓脹的兩腮點頭。

「你要喝什麼？隨便點，我請客！」

「你請客？無緣無故，幹嘛請客？」

「嘻嘻，沒有啦！」

「無事不會獻殷勤，快說，不然我現在就走！」

「不要走！是……有事要你幫忙啦！」婕婕緊張，擔心王梓走掉。

「講。」王梓翻白眼，一副「我就知道」的表情。

「其實哦……我是想邀請你和豆腐人一起為我慶祝生日，我想去購物廣場，請你們看電影、吃大餐，走走逛逛……」

「哦？什麼時候？」

「就在這星期日。」

「我沒問題啊，豆腐人那兒，我問一問她。你搞了半天，就為了這一件事而已？」王梓懷疑。

「呃……除了你們之外，我還想邀請另外一個人……」

「哼哼。」王梓斜眼看著她。

「我還想邀請會長……」

「然後？」

「然後，我想請你幫我邀請他。」

「奇怪了，那是你的生日，又不是我的生日，幹嘛由我發出邀請？再說，你們之前不是一起去看過電影嗎？關係應該很親密了吧？你自己開口不就行了嗎？」王梓不明白。

「哎喲，上一次他說要和我一起去看電影的事，你也聽到哦，你知道嗎，過後他提也沒再提過，我等啊等，等得肚子也餓了，他都沒進一步的行動……」

「你怎麼不主動問他啊？之前啊，不知道誰一直把『我的男神、我的男神』掛在嘴邊？」

「他的確是我的男神啊！」婕婕頓時像洩了氣的皮球那樣，喃喃自語，「但不是我的男朋友……」

「什麼？」

「哎喲，你幫不幫我啦？幫就一個字，不幫就兩個字，說！」

「你這個女惡霸，求人幫忙還那麼凶！你自己開口跟他說。」王梓實在不願意幫她。

「不能啊！我在偶像劇裡看到男生們都會比較喜歡那一些矜持的女生，所以，我不能做主動，我要有少女的矜持……」婕婕很認真。

「啊……哈？少女的矜持？在哪裡？我怎麼打燈都找不到？難道你藏在腳趾甲縫裡？」王梓上下打量她。

「哎喲，你這一種沒有一顆戀愛心的人，永遠看不到的啦！話說，你有沒有談過戀愛啊？」婕婕突然把矛頭指向他。

「我……」王梓頓時語塞，說真的，他的確沒談過戀愛。

「哈哈，被我說中了哦？一次都沒有？單戀呢？暗戀總會有吧？」

「有啊！誰說沒有？我還熱戀咧！」王梓反駁。

「真的？她是誰？本校或校外的？念哪一班？漂亮嗎？身材比例如何？你們交往

多久了？你如何向她告白？哎喲，這太『勁爆』了，小提琴王子竟然『名草有主』，傷了不少少女的玻璃心呢！」

「她是我選的，當然漂亮。身材嘛，曲線完美。我們啊，交往很久了……喂，我才不是草！」

「哎喲，打個比喻而已嘛！真沒想到你竟然靜悄悄地藏著那麼棒的女朋友沒人知道。快說她叫什麼名，住在哪裡，姐姐洗耳恭聽！」

「你聽好囉，她的名字就是──小……」

「小倩？小梅？小蕙？小娜？小蘋果？小白兔？」

「什麼東西啦？亂猜一通！」

「哎喲，你快揭曉啦！」

「你的性子真的急到沒朋友哦……」

「嗯啦、嗯啦，快一點啦！」婕婕巴不得可以打開王梓的腦袋，自己看答案。

「她就叫做──小──提──琴。」

「小緹？小緹……晴？緹……晴？小提琴！你這臭襪子！」

「王子什麼時候變襪子了？還是臭的？呵呵……」

「誰叫你騙我？你又說她漂亮，身材有曲線，交往很久？」

「我沒騙你啊，小提琴的外形高貴優雅，琴身葫蘆形狀；我從五歲就開始學拉小提琴，到現在已經超過十年，還不算久嗎？」

「你……」婕婕完全沒辦法反駁，「好，那一些不重要的事我們就不多說了，現在我們必須認真地討論我的未來。」

「你的未來？」

「對啊，如果我和唐會長在一起，他很可能就是我未來的老公，我們結婚，生孩子，我下半輩子的幸福就是他了……」

「不知怎麼，我突然有點兒想嘔吐的感覺……」王梓低頭撫著心口。

「你該不會是吃醋了吧？我已經告訴過你哦，我是唐會長一個人的，我不是那麼隨便的女生哦。」

「啊，更想要嘔了……」

「好啦！你說，要怎樣才能幫我約他啦！有什麼條件，只要我辦得到的，一定答應你。」

「我現在還沒想到，想到了再告訴你。」

「你的意思是……你答應幫我約他？」

「嗯啦。」王梓很無奈。

「哇！哇！太好了、太好了！你真的是一個心地善良的王子！我太高興了！」婕婕興奮得手舞足蹈，旁邊的顧客紛紛看過來。

「喂，矜持！矜持！」王梓敲了桌面幾下提醒她。

「叩叩！嗯嗯，矜持，是。」

「但是，我先告訴你，我不保證唐紳會答應的哦。」

「是。明白。」婕婕比了一個OK手勢，然後笑瞇瞇地繼續享用她的午餐，「你不吃一些嗎？不吃的話，我吃完哦。如果你要吃的話，恐怕我會不夠飽咧……」

王梓無話可說，揮揮手叫她盡情吃，別理他。

雖然代宋婕婕約唐紳是一件輕而易舉的事，但是不知怎麼的，他心裡卻很彆扭，萬般不願意這樣做，而更奇怪的是，他竟然不知道為何會有這一種感覺。

31

這一天是婕婕的生日，王梓遵守諾言，幫她約了竇芙與唐紳，四個人在購物廣場裡逛。

打從看電影開始，婕婕就像強力膠那樣黏著唐紳，坐在他的旁邊，不斷遞給他爆米花、汽水，兩人甚至共用一張紙巾來擦手。

「他們就像一對熱戀中的情侶，我們就像兩盞特亮電燈泡。」王梓小聲地對竇芙說，他有點兒後悔答應婕婕出來為她慶生。

竇芙幽幽地看著他們，再轉頭看著大螢幕，螢幕裡的男女主角卻是唐紳與婕婕。

「唉……」這部「電影」，她真的看不下去了。

「你幹嘛？看恐怖電影也會歎息？有那麼悲情嗎？」王梓問她。

「不好看……」

「我也這麼覺得……」

他們說的並不是正播映的恐怖電影。但是，另一邊的婕婕卻看得非常投入，不時發出驚叫聲，好幾次還嚇得捉著唐紳的手臂。

「還說矜持，『進尺』就有，得寸進尺！」王梓在喃喃自語。

「啊，什麼？」寶芙聽不清楚。

「沒什麼。」他感覺有一肚子的悶氣。

「哦……」寶芙也沒心思去猜他在說什麼。

好不容易，電影終於結束了。

「好精彩哦！我叫得肚子也餓了，走吧，我們去吃生日大餐，我請客！」婕婕很興奮。

「我以為你已經飽了？」王梓揶揄。

「喂，你……哎喲，人家早上沒吃早餐，所以肚子才會那麼餓嘛！」婕婕撒嬌。

「不知道為什麼，我覺得噁心、反胃……」王梓捂著胸口。

「王梓，你沒事吧？」唐紳以為是真的。

「臭襪子！」婕婕用唇語罵王梓。

「哎喲，越來越想嘔了……」

「不好意思，我有點不舒服，不能陪你們逛了……」寶芙開口了。

「豆腐人，你的臉色真的不是很好呢！沒事吧？」婕婕拉著寶芙的手。

「沒事……應該是睡眠不足，想回家休息一下。」寶芙牽起嘴角笑了一下。

「那好吧，你快回家睡個覺，我改天再補請你吃大餐。」

「婕婕，很抱歉，沒辦法為你慶祝生日……」

「小事啦，你別放在心上，你已經陪了我大半天了呢！」婕婕安撫寶芙。

「豆腐人，你不舒服，我送你回去。」王梓說。

「你也要回啦？」婕婕表情竟然是愉悅的。

「你的臉……幹嘛寫滿了開心？」王梓瞪著她。

「哪有？哎喲，你眼睛有問題啊？我這是不捨的表情咧，不是嗎？」婕婕驚覺被看穿，急忙用力揉她的圓臉。

「沒關係的，我……」竇芺想要王梓留下。

「這樣也好，那你們路上小心。」唐紳點點頭。

「嗯。再見。」

他們四人道別後，王梓和竇芺就往輕軌捷運站的方向走去。

一路上，他們都各懷心事，沒說話，一直到上了輕軌捷運。

「最近的訓練，還是那麼密集嗎？」王梓心想隨便找個話題。

「不是校隊，訓練……暫停了。」

「啊……」

「只有普通的練習。」

「哦。」王梓不敢繼續追問，他猜測應該是網上流傳照片的事，影響了竇芺的韻律操訓練。

竇芺低著頭，看著她的背包。

「豆腐人，那是你最愛的韻律操，你要堅持，別放棄哦，總有一天，你會回到校隊，回到你的舞臺上，發光發熱！我會一直支持你的。」
竇芙抬起頭，對著王梓笑，純淨的眼睛泛著淚光。
王梓不敢迎向她的目光，把頭轉向玻璃窗，假裝看風景。
「欸，你是不是喜歡宋婕婕啊？」竇芙突然無頭無腦地冒出這一個問題。
「啊？什麼？我喜歡宋婕婕？不是吧？怎麼可能？」王梓的反應很大，眼睛睜得老大，眼珠子都快掉出來了。
「不知道，問你。」
「為什麼你會那麼問啊？」
「你好像不喜歡她對唐……紳好。」她說到一半時，停頓了一下。
「啊哈！那個啊……我只是故意捉弄她，沒有其他的意思。」
「哦。」
竇芙說完後，沒再說什麼，她的思緒已經飛到唐紳的身上，在想：他們在吃什麼？西餐？中餐？義大利餐？越南餐？吃完後，他們還有什麼節目？唐紳會送婕婕回家嗎？婕婕會跟唐紳告白嗎？他們會交往嗎？
啊，竇芙急忙掏出耳機來聽歌，不想繼續再想，因為腦海裡出現的都是她不想看到的情景。
王梓的心情則五味雜陳，他還在不斷地思考著竇芙的問題：
「你是不是喜歡宋婕婕啊？」

32

王梓的臉色從來沒有如此難看過。

他坐在床上，顫抖的指尖在手機螢幕上滑動，一幅又一幅的照片，裡頭都是他！

他放學的時候、他去補習的時候、他去音樂學院的時候、他在書局的時候、他在輕軌捷運站的時候……

他越往下看，手指抖得越厲害！

「誰偷拍我？誰在跟蹤我？」

當他滑到訊息的盡頭時，他看見一行字：

你想玩捉迷藏嗎？

「啊！」王梓看到這幾個字時，腦袋「轟」的一聲，他失控驚叫，手機掉在床上。

他久久不能平復激烈跳動的心臟，這一則訊息的內容實在是太令他驚恐萬狀。

「是他！是『鬼』！他真的看見我了！『鬼』已經知道了我的存在！他開始跟蹤

我，他知道我的一舉一動……怎麼辦？怎麼辦？」

王梓的精神極緊張，他完全失去了思考能力。

「啊！我的頭好疼……」他抱著如針刺的頭顱，感覺疼得快要炸開。

叩叩！

「寶貝，你沒事吧？」媽媽在敲門，她應該是聽見他叫喊的聲音。

「媽，我沒事……剛才……作惡夢。你去睡吧！」王梓回應媽媽，千萬不能讓神經緊張的媽媽知道，要不然就更複雜了。

「那好吧，你也早點睡哦！」

幸好媽媽沒繼續追問，一會兒就離開了。

王梓看著他的手機就如看著一隻怪物那樣，螢幕已經變黑了，他覺得彷彿一靠近，就會有怪物從黑漆漆的螢幕裡衝出來咬他一口。最後，他還是鼓起勇氣，抖抖瑟瑟地把手機拿起來看。

他重新再看那訊息，一面回想，照片在被偷拍的那一刻，他的周圍是否出現行為舉止有異樣的人，但他完全沒有印象有人拿著手機或相機瞄準他。

「發訊息者是：Hide & Seek。那不是捉迷藏的意思嗎？」

他嘗試進入發送者的帳號查看個人資料內容，但一無所獲，對方的帳號全是空白，沒有任何內容，只顯示那是幾天前才創建的新帳號。

「現實中的『鬼』到底是誰啊？是不是霸凌豆腐人的那幾個隊友？但是，韻律操的隊員都是女生，『鬼』是男的……啊，難道是那幾個霸凌者的朋友？如唐紳所說，她們為了不被懷疑，因此找了外人來對豆腐人下手！一定是這樣！她們好狠毒啊！竟然這樣來欺負一個手無寸鐵的女生！」

經過一番的推測、聯想，王梓得到了結論。

「可是，現在……他發現我了，他轉移目標了，他開始對付我了，他問我要不要玩捉迷藏……他問我要不要玩捉迷藏……」

他覺得有一種骨寒毛豎的熟悉感，就像他出體時目睹竇芙玩捉迷藏的感覺一樣，沒想到，他竟然也被捲入了這恐怖遊戲。

他開始陷入了恐慌、不安的情緒，腦海一直浮現靈魂出竅時在公寓區裡體驗的捉迷藏，越想，頭就越疼。

「我不要玩捉迷藏……我不要玩捉迷藏……我不要玩捉迷藏……」

33

唐紳一回到家的時候，看見爸爸的專用轎車停放在車房裡。

「爸爸回來了。」

千晶興奮地和唐太太在客廳裡拆著一袋又一袋的名牌禮物，那一些手提包、鞋子、服裝，她們已經塞滿了好幾個櫃子，還是叫唐老闆買回差不多一樣的，而且每一次都那麼興奮。

「有不一樣嗎？」唐紳經過時看了一眼，心裡納悶。

「媽咪，下一次我們跟Daddy出國好不好？他去出差，我們就去瘋狂購物，親自到Guzzi、Prata、RV的名牌專賣店去選購，一次買個過癮。但是，我不要去日本、韓國、香港，我要去法國、美國、義大利、英國……這一些國家才襯得上我的身分、品味。」

「好、好、好，你說的，你Daddy都會聽你的，等學校假期的時候，我們三個人就出國去玩！」唐太太疼惜地看著千晶。

「就只有我們三個人哦，我不喜歡跟外人一起去玩！」千晶瞄了唐紳一眼，故意講給他聽。

「寶貝，肯定只有我們三個。」唐太太也斜眼看了他一下。

唐紳的心好像被針刺了一下，但他當作什麼都沒聽見，沒有任何反應地走上樓去。

當他經過唐老闆的書房時，聽見裡面傳來說話的聲音。

「校長，真不好意思，前幾天您撥電話來時，我正好在國外……請問您有什麼事找我……哦，原來是這樣……贊助經費當然沒問題，我們董事應該出一份力的……只是，我想知道，這一項交換學生計畫，校方會派哪一名學生去日本呢……」

原來唐老闆在跟校長談論關於交換學生計畫的事，校方將會選出一男一女，大家都認為唐紳將會是男學生的代表。

唐紳也充滿了信心，一直以來，他都是學生代表的最佳人選，這機會非他莫屬。

於是，他靜悄悄地站在書房門外，繼續聽唐老闆的談話內容。

「哦，名單還沒出來……要選兩名……嗯……我有什麼建議？哈哈……我沒什麼寶貴的意見……都由校方全權決定……只不過，我本人覺得那一天校慶時演奏小提琴的那一個學生很不錯……我有一個新的想法……讓他參與這計畫，有機會與外國學生進行音樂上的交流，比起一直以來的學術交流，我覺得這樣會令外國人刮目相看，讓他們知道，我們國家也有這樣的音樂人才，而且是來自我們衛思禮中學……或者，校方可以考慮把他列入待選名單內……」

一種高分貝的音訊突然在唐紳的耳裡響起，他覺得耳鳴，接下來的聲音，他都聽不進去了。

「爸爸竟然推薦別人，也不支持自己的兒子……」

不知什麼時候，他發現自己已經回到房間，坐在書桌前。

「我做得不夠好嗎？為什麼爸爸看不到我？為什麼？我要怎樣才能讓爸爸看到我的存在呢？我要怎樣做才對？怎麼做？誰可以告訴我？」

嗡——嗡——

唐紳的手機在震動，他看一看來電顯示，那麼巧，那是王梓的來電。

他沮喪得沒有心情接電話，於是任由手機不斷地震動也不理。

斷線了三次後，手機在第四次震動時，他終於按下接聽鍵。

「喂？」

「謝天謝地，你終於接電話了！」王梓那一頭的聲音很著急。

「對不起，剛才在洗澡……有什麼事嗎？」

「哦，是這樣的……」王梓把收到恐怖訊息的事告訴唐紳。

「啊，『鬼』真的找上你了，竟然還恐嚇你，太卑鄙了！」唐紳很生氣。

「我……我該怎麼辦？我看到了他霸凌豆腐人，知道了他的祕密，他肯定不會放過我！」

「訊息的事，你還有對誰說嗎？」

「沒有，我第一時間就撥電話給你了……」

「很好。你要記住，千萬不要讓第三個人知道這一件事，要不然惹怒了他，我擔心他不知道會做出什麼更過分的事來……」

「你說得有道理，我不會向第三個人透露這事！」

「嗯。」

「現在我應該怎麼做？他好像對我的行蹤瞭若指掌，我覺得……好像有一雙眼睛一直在監視著我，無處不在！我們現在的對話，他是不是正在竊聽啊？我從樓上窗口望下去，樹的後面好像有黑影，是不是他躲在哪裡啊？」

「王梓，冷靜一點！」

「唐紳，我被他盯上了，怎麼辦？怎麼辦？」王梓的語氣充滿了恐懼。

「你別害怕，我會幫你。你把你的訊息帳號名稱及密碼告訴我，我有一個朋友精通電腦，他可以查出對方的IP位址，揪出那一隻『鬼』。知道了是誰幹的好事後，我們再商討下一步的行動。」

「真的嗎？你的朋友願意幫我嗎？」

「他是我在網路裡認識的網友，我們的交情很好，應該沒問題的。」

「那真的太好了！幸好有你，我真的不知如何感謝你……」王梓放下了心頭大石，一時感觸，聲音有點哽咽。

「我們是bro（brother），不是嗎？」

「對！」王梓用力地吐出一個字。

「更何況，我也很想知道，那一隻欺凌竇芙，還想對你下手的『鬼』，到底是何方神聖！」唐紳顯得激動，他在想著下一步要怎麼做。

34

一大早，各年級的糾察隊員已經集合在禮堂裡，等待訓導主任來主持每週例會。訓導主任還沒到，糾察隊員們便七嘴八舌地在聊天打發時間。

「欸，你們有看到嗎？昨晚，會長發的貼文！」

「沒有哦，應該也是運動的照片吧？有什麼好大驚小怪的？」

「這一次不是呢！昨晚的貼文很emo呢！以往他所發的貼文都是健康正面的，追蹤了他那麼久，我還是第一次看到他發emo貼文！」

「真的嗎？他寫了什麼？」

「我記得貼文的內容是這樣寫的：祝賀王梓同學與楊楹同學代表本校被選派赴日本參與學生交流計畫……兩人才藝優異，一定能在國外為校增光……」

「啊，會長沒被選中？我還以為這機會非他莫屬呢！沒想到小提琴王子竟然以黑馬的姿態勝出！」

「對啊，他可是大熱門呢！」

「話說回頭，這祝賀貼文沒什麼特別啊，很正常嘛！」

「對，內容沒怎樣，但是他下面的Hashtag很不對勁……」

「他寫：＃那時候的日本應該可以看到雪吧……＃一定是我不夠努力……」

「啊，會長很想去日本呢！看來，他一定很傷心了……」

「會長好可憐哦，好想給他一個抱抱……」

「他不但沒嫉妒王梓，還大方地公開祝賀他，甚至還怪自己不夠努力，才會落選。真令人心疼……」

「怎麼會這樣？那王梓才轉學來沒多久，他就被選中了？他夠資格嗎？我們的會長比他優秀多了！」

「對啊，真不公平！」

「不行，我一定要留言支持會長，要校長重選，讓我們學生投票參與決定！」

「什麼小提琴王子？他連會長的十分之一都比不上，而且還是長短腳！」

「對！他走路的模樣一拐、一拐的，難看死了！」

「都不明白為何那一些女生會為他瘋狂、痴迷，太無知了！」

「他就是靠一把小提琴來收服那一班少女的心啊！小提琴就是他的武器！」

「不知道為什麼他會轉學過來，是不是在前一所學校做了見不得光的事啊？」

「搞不好是被踢出校門的呢！」

「哇，那麼『勁爆』？」

「誰知道？要不然，好好的，為何要轉學？」

「我們糾察隊員一定要站在會長這一邊，上網留言聲援會長，讓大家知道會長才是正確人選！」

「對，一定要『捨迫（Support）』會長，倒長短腳！」

「噓！會長和訓導主任來了，別說了！」

只見唐紳尾隨著訓導主任走到前面，開始了今天的例會。

今天的他臉上沒什麼笑容，話也不多，隱約有一抹憂傷，許多人都察覺了。

「好，各位有什麼問題嗎？如果沒有的話，我們就散會。」唐紳終於露出笑容，但看得出是擠出來的。

許多知道內情的糾察隊員看了都為他感到心疼，大家私底下議論著這一次挑選代表參與日本學生交換計畫的公平性、透明度及標準資格。

這一天放學後，有人把唐紳落選，王梓當選的事搬上了「校園吹水站」，標題打著：

高才生落選學生交換計畫，不是不夠好，
而是輸在「零缺陷」！
不為人知的校方選代表大揭祕！

大家竟然一面倒，支持唐紳，撻伐王梓，紛紛認為王梓是靠見不得光的手段來贏得這一次的中選資格。

一些過分熱心的鄉民們甚至把他們兩人的長處及短處做成一個表格來比較，一目了然，引起更多人來評價了。

表格裡竟然還有「高度」、「身材比例」、「顏值」、「肌肉」、「魅力」、「電力」……更過分的是，他們連王梓的缺陷也列入比較，結果許多惡毒的話針對他的長短腿接踵而來，令人瞠目結舌。

「這一種有缺陷的貨色也配代表我們學校？」

「他是誰啊？誰選的啊？瞎了嗎？」

「如果連他這樣的資格都可以代表學校，那我也可以啊！校長，選我！」

「怎麼選了一個殘廢的？哈，我還以為是在選人去日本參加殘障人士運動會！」

「他夠格嗎？唐會長那麼多年以來代表本校不知贏得多少獎項，功勞有目共睹。他剛轉學來還不到一年，只拉了幾下小提琴，憑什麼代表學校去日本？」

「哈，我們學校裡學術成績好，運動佳的人多得是，就是缺乏音樂人才，人家才會一下『爆紅』，炙手可熱！要不你來一個『胸口碎大石』，或者『頭髮拉動郵輪』，保證你紅到國際舞臺，不只日本，校長還會派你到全世界的學校進行技術交流！」

「對啊，誰叫你沒有一技之長？」

「我看啊，校長一定是有一顆菩薩心，因為同情王梓的缺陷，所以才會選他！」

「寶寶頓悟了！原來寶寶又高又帥還不夠，寶寶落選是因為……零缺陷！」

「早說嘛！這麼說，我也有資格呢，因為我有缺陷，我『腦殘』！哈哈哈哈！」

「對啊，不需要在學業、運動或課外活動上拼個你死我活，只要你有一項還不錯的才藝，然後最重要的是要有人人都看得見的身體缺陷，那麼，這世界的舞臺就是你的了！哈哈哈哈！」

「原來現在吃香的不是高富帥，好腦袋；而是殘障當道！」

「什麼時候殘障也變成了一種向上爬的工具？」

「長短腳已經噁心了，原來他的內心更醜惡！」

「他前世應該做了什麼惡毒的事，這一世才會有瘸腿的報應！」

沒料到王梓的缺陷竟然成了眾矢之的，「毒舌」鄉民們皆把矛頭指向他，認為他勝之不武，為唐紳打抱不平。

35

王梓因為「鬼」的恐嚇訊息，在加上鄉民們的言論攻擊，他變得更恐慌、焦慮，完全沒有應對的能力。

當他走在校園裡，他無時無刻感覺到有人在他的背後交頭接耳，取笑他走路的姿勢。前來親近他的女生也少了很多，即使有，他也感覺大家都在盯著他看，甚至用鄙視的眼光看著他。

無論網上的抨擊有多厲害，但在現實中，卻沒人敢走到他的面前當面指責他，鄉民的膽量只足夠讓他們躲在鍵盤後，當個自以為正義凜然的「鍵盤判官」，用極鬼祟的方式來對他施暴。

漸漸地，他從一個鋒芒畢露的「小提琴王子」變成了人人回避的……怪物。

對，王梓感覺到大家看著他的眼神，就像是在看一個怪物那樣，他們的目光一定會停留在他那一雙腿上！

於是，他開始三天兩頭請病假，他不敢去學校，他承受不了那一種壓力。

「我根本沒想過要爭取去日本參與什麼交換學生計畫，我沒要搶什麼機會，他們……要怎樣才可以放過我？」

每一天躲在家裡，他的心裡無法靜下來，因為鄉民們除了在網路上公開抨擊他，有一些相信是唐紳的粉絲還發訊息給他，指責他用骯髒的手段來擊敗唐紳。

手機的訊息通知聲一直不斷地響起，每一次都令他忐忑不安，不知道又有誰要對他展開謾罵。

今天，他又收到一則陌生的訊息，訊息裡有一個連結。當他打開連結時，他震驚得把手機扔在床上。

「太過分了！他們太過分！嗚……」他終於忍不住哭了出來。

原來不知是哪一個鄉民惡作劇，把他的頭與一個長短腳，拉著小提琴的醜陋怪物做成合成照，旁邊還寫了：

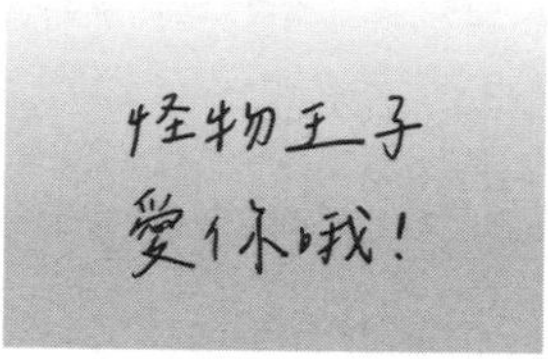

照片下面都是嘲諷、譏笑的留言，這合成照甚至還被分享了五十多次。

「如果我是一個身體健全的人，他們就不會說我靠缺陷來獲得中選的機會……為什麼我的腿要長短不一樣，令大家覺得我是一個怪物？為什麼上天那麼不公平？是不是因為給了我音樂天賦，所以要我用長短腿來交換？我不要！我寧願不要！」

王梓又氣又無助，他怨恨自己的腿，若不是因為這雙腿，他就不會成為被攻擊的目標。

他站起身來拿起一把剪刀，喀嚓一聲，他心愛小提琴的弦全被剪斷！其他的小提琴也逃不過被剪的命運，全都被剪斷了弦。

王梓不想再碰小提琴，彷彿這樣做，老天爺會收回賦予他的音樂才華，還給他健全的雙腿。

但是，這是不可能的。

嗡——嗡——

手機在震動，螢幕上顯示是唐紳的來電，他緩緩地用手指在螢幕上滑了一下。

「喂？王梓？」

「喂……」

「我發了訊息給你，你怎麼沒回復？」

「我……沒看。」

「哦……你沒事吧？怎麼好幾天都沒上學？」

「我……」

「我看到了網上的那些貼文，他們太過分了！怎麼可以這樣來抹黑你，還說了那麼不堪入耳的話！」

「我真的沒有去耍什麼手段……更沒有利用我的缺陷來博取同情……」

「我知道，我相信你不會那麼做。」

「你真的相信我？」

「當然，你是我的朋友，我清楚你的為人。」

「唐紳……謝謝你。」這時候的王梓最需要的就是朋友的信任。

「你別去理會他們的話，清者自清，知道嗎？」

「嗯……對了，你的網友的調查有結果了嗎？」

「我聯絡你就是要告訴你這一件事，我朋友說，他查到那帳號的IP位址加了鎖，他正在努力研究破解的方法，來查出對方的位置，但需要時間。」

「啊……」

「怎麼了？」

「其實，除了『鬼』的訊息，我還收到其他的匿名信息，他們嘲弄我的缺陷，做合成照片，說我是怪物……」王梓開始哽咽，說不下去。

「真的太過分了！那一班傢伙吃飽無聊沒事幹嘛？腦袋裝草了嗎？如果給我知道是我們學校的學生，我告訴你，他一定完蛋！」唐紳從來沒那麼憤怒過，「明天我就把這事情告訴校方，讓校長來終止這一場網路霸凌！」

「不！不要告訴校長，我不想把事情鬧大，這樣的話，大家更誤會我有校長撐腰，認為我真的是靠手段來贏得機會……」

「可是，我不能什麼都不做，看著你這樣被欺負……」

「我知道你為我打抱不平，但是，我真的不想讓事情變得更糟……」

「那……好吧，我尊重你的決定。你好好休息，別想那麼多了，好嗎？」

「我會的……」王梓慶幸有唐紳這樣的朋友。

電話掛斷後，他立刻把手機關了，不想再知道任何消息。

他在床上翻來覆去，直到凌晨都睡不著，忍不住又開啟手機來看。

當他一進入臉書，映入眼簾的是一則深深地觸動他心靈的貼文，主題為：

有一天，你也會被霸凌！

貼文內容大力譴責網路霸凌的行為，字字鏗鏘有力，正義凜然，道出了受害者的無辜、無助及永遠的傷害，呼籲大家停止這惡劣的行為，再不嚴厲制止的話，有一天你也可能成為受害者。

王梓的心裡非常激動，他沒想到在他掉入黑暗的深淵時，竟然會出現一道曙光，而且內容完全沒提到他的名字，相信是要保護他。

發貼文人是：唐紳。

36

唐紳的貼文一上傳便引起很大的迴響，大家紛紛為他按讚，大力支持他的言論，造成了不小的騷動。

唐紳頓時以正義英雄的姿態挽回粉絲的心，甚至建立了更多的粉絲群。之前變心喜歡王梓的粉絲，現在都回到了他的身邊。

但是，王梓根本不在意粉絲的多寡，受歡迎的程度，或是去日本的機會，他只覺得感激，認為唐紳是他的真心朋友，還為以前以為唐紳喜歡他的事而感到抱歉。

兩個大男生的距離，因為一連串的風波，一下子拉得很近。

王梓覺得唐紳猶如他的定心丸，有了這個好兄弟，他總算沒之前那麼焦慮，他希望這一切都會很快就結束，恢復之前平靜的校園生活。

因此，他今天鼓起勇氣回到學校上課。

他戰戰兢兢地走入校園，不敢把頭抬起來，害怕接觸到別人的眼光。

當他經過操場時，突然……

砰！

一個足球不知道從哪裡飛來，一下撞上了王梓的後腦勺。

「啊！」他驚叫一聲，身體往前撲倒。

先著地的左膝蓋一陣刺痛，讓他沒辦法立刻站起來。

「不好意思哦，我以為你看到球飛過來，會閃開！」一名身穿足球隊運動衣的男生跑過來。

「沒事……」

「咦，他不就是那個長短……」另一個足球隊員跑過來。

王梓聽了，急忙撐著站起來，快步離開那裡。

「真的是他！我還以為他轉學了，原來還在本校啊……你不知道嗎？他不只是校園紅人，還是『網紅』呢！」

「是嗎？我真的不知道……」

「慘了，你害他的腿受傷了，小心被詛咒哦！」

「不是吧？對不起，小的知錯了，請不要把我變成怪物！」

「哈哈哈哈！太遲了！哈哈哈哈！」

他們不斷地在後面起鬨，王梓覺得屈辱萬分，頭更疼了。他一拐、一拐的，走得更急了。

「啊！」一個不小心，他踢到了 塊石頭。

就在他快被絆倒時，一雙手及時拉著他的手臂。

「宋婕婕？」

「你擦傷了，我帶你去醫務室。」婕婕抬起王梓的手肘，果然有傷口，「膝蓋也受傷了吧？」

「嗯……你怎麼會在這裡出現？」

「我每一天都在校園裡找你的身影，快一個星期了，你都沒來上課。問豆腐人，她只會搖頭……今天就在校門碰碰運氣，真的見到你了！」

「被你見到狼狽樣了……」

「沒關係啦，你又不是我的『天菜』！」

「豆腐人……她最近怎樣了？」

「她好像越來越憔悴、憂愁……偶而經過禮堂，看到她在練習，四個字：『垂頭喪氣，黯淡無光』，她還是被拒於校隊門外，完全沒了以往的神采、光芒。」婕婕推開醫務室的門。

「那是八個字。」

「八？八卦？我哪有八卦？大家都知道她上一次的照片風波還沒平息，聽說韻律操校際年度大賽就快到了，也不知道她的命運如何，努力了那麼久，沒辦法參賽的話，太悲哀了……我還聽說啊，整個團隊的學員都在排擠她，刻意孤立她，要是有人跟她要好，她們連帶那個人也針對，結果誰都不敢接近豆腐人……」婕婕一邊說，手沒停下，為他處理傷口。

「啊……」王梓想到「鬼」，頭像針刺般疼痛，忍不住用手抱著頭。

「剛才你被足球打中了頭，對吧？很痛？不如你先不要去上課，在這裡躺下休息，待會兒再看情況如何。」

「也……好。」王梓躺在醫療床上，眉頭緊鎖。

「我先去上課，多一會兒再過來看你。」

「我躺一下就沒事，你去上課吧，不必跑來跑去……」

「那我先去上課了。」

婕婕離開醫務室後，王梓閉著眼睛，但是腦袋裡不停地在轉。

第六感告訴他，再出體幾次，他就可以看到「鬼」的真面目。他心裡有一個聲音叫他繼續查，以救竇芙，甚至自己，但是卻被巨大的恐懼阻攔，令他想逃避。

他的內心不斷掙扎，天人交戰，終於不敵精神上的疲累，睡著了。

而靈魂卻……出竅了！

37

「띵동 치킨이 왔단다. 어서 문을 열어라.
도둑 내기엔 이미 늦었어.
（叮咚，門鈴響了快點開門，我來了。
雖然你試著躲藏起來，但這是沒有用的。）」

看見了。
她在前面慌張地閃進一戶住家裡，我也不加思索，跟著她進去。
其實，除了跟著她，我也不知道自己該去哪裡。
音樂還在響著。
這一次，她要往哪裡躲呢？
還有躲藏的地方嗎？
那麼多次，都被他找到，還能躲在哪裡？
這一次，我特別緊張，不知怎麼，我感覺到，今天的捉迷藏，一共有三個人在玩……

「鬼」、她，還有……我。

我……也有份玩。

所以，我必須和她一樣，找一個「安全」的地方把自己藏起來。

我跟著她進了屋裡，走進房間。

鈴聲還在響著。

她在房間裡心急地東摸摸，西翻翻，似乎在找合適的藏身位置。

最後，她的視線停留在房間的角落，那裡有一個破舊的木衣櫃！

那衣櫃下半部是抽屜，上半部有兩扇門。

她走向前打開了衣櫃門，一隻黑色物體突然飛了出來，嚇了她一跳！

原來是一隻蟑螂。

她好像有點退縮，但最後還是爬進了衣櫃裡面。

我當然也跟她一樣，鑽進了衣櫃裡。

我很確定，衣櫃裡除了我們之外，還有很多其他的生物，因為蟑螂的氣味實在是太強了！

她寧願躲在滿是蟑螂的空間裡，也不要被他找到。

可見「鬼」對她來說是多麼的恐怖啊！

她拚命地把身體縮成一團，儘量不要碰到衣櫃。

衣櫃木門的把手被拆了，原本把手的位置剩下兩個五十元硬幣大小的圓孔，稍微低頭就剛好可以透過圓孔看見外面的情形。

音樂停了！

這意味著，「鬼」要開始抓人了！

我們在衣櫃裡一動也不敢動，豎起耳朵仔細地聽外面的動靜，目不轉睛盯著圓孔。

一分鐘……兩分鐘……三分鐘……

已經過了十分鐘。

衣櫃裡很悶熱，熱氣加上令人發毛的蟑螂爬動聲，她不斷地飆汗，汗水滴到我的手上，是冷的。

我蹲著縮在衣櫃裡也很難受，雙腿開始麻痺。

突然……

房門打開了！

「띵동 내가 들어간다. 어서 돈을 내.
돈 내기를 하며 놀자！
띵동 내가들어 왔다. 어서 돈내라.
돈내기를 하며 놀자.
（叮咚，我進來了，快點逃跑吧！

我們來玩鬼抓人增加一些樂趣吧！
叮咚，我已經來了，快點躲起來吧！
我們來玩捉迷藏增加一些樂趣吧……）」

他來了！
他又在哼童謠了！
可是，這公寓區那麼多住戶，為何他偏偏知道我們躲在這裡？為什麼？
我從洞口只能看見他胸口以下到大腿的身體部位，他就如上一次那樣，在房間裡走走、停停、聽聽、看看。
我們壓抑不了因緊張而急促的呼吸，只好拚命地不讓自己的呼吸發出太大的聲音。
我的心臟在身體內的跳動聲如太鼓的敲擊聲那樣強勁，令人不自覺地按著胸口，怕它承受不了，瞬間爆炸。
雖然害怕，我潛意識裡還是想一窺「鬼」的真面目，但是都不得要領。
洞口實在太小，光線也太暗了。
好幾次，他在洞口的視線死角，我看不見，但一會兒他又出現在視線裡了。
一看不見他的身影，我就異常緊張。
他一邊哼著童謠，一邊慢慢地移動腳步。

我又看不見他了！

歌聲也停了！

這一次又在哪一個死角了？

我一直調整身體，嘗試在有限的洞口範圍尋找他，她也跟我做同樣的動作。

正當我們努力地搜尋他的身影時，突然……

洞口外面好像被什麼黑漆漆的物體擋住了，看不到任何東西！

這物體在微微地抖動……是蟑螂嗎？

我和她怔怔地看著洞口，不知道該怎麼辦。

啊啊啊啊啊啊啊啊！

看清楚了！那不是什麼蟑螂，抖動的也不是蟑螂的腳，而是……眼睫毛！

「鬼」正透過兩個洞口，往衣櫃裡頭看，那黑漆漆的物體就是他的兩顆眼球！

「鬼」和我們的距離不超過五公分！

我和她驚嚇得倒抽一口氣向後退猛撞！

「（現在才試著逃跑已經太遲了，透過洞孔我們兩個對視了，我想要更靠近的看見你雙眼的恐懼……）嗤嗤！」

他又繼續哼歌，還掩嘴竊笑，就好像惡作劇成功那樣。

吱呀——

衣櫃的門慢慢地打開了！

「鬼」就站在我們面前，他太興奮了，笑得腰都彎了，一隻手還不停地在空氣中揮動。

我看到「鬼」的真面目了！

竟然是他！

怎麼會是他？

他明明還大力譴責霸凌……他還站出來為我說話……他還很熱心地要幫我揪出「鬼」……

我的「真心兄弟」——唐紳！

這不是真的！

我震驚過度，愣在衣櫃裡，四周都沒有了聲音，就像看默劇那樣。不知什麼時候，豆腐人已經被唐紳拖了出來，跌坐在地板上。

她拚命地掙扎，披頭散髮，嘗試爬出房外，但是卻被唐紳一把拉了回來。

這一刻，我覺得非常驚駭，不忍心再看下去，心裡想快一點醒來，不要讓我看他如何折磨她，這事實太殘酷了，我不想接受！

但是，更震驚的還在後頭……

豆腐人被他壓在地上，她的頭不停地往左右用力甩，想要擺脫他，直到頭髮都掉了下來！

仔細一看，那竟然是一頂長假髮！

原來一直以來，她一直戴著假髮。

沒了假髮的她，頭上頂著一頭像男生般的短髮，豆腐人的頭髮什麼時候那麼短？

只見她已經失去了力氣，漸漸地停止掙扎，臉面向天花板，開始抽泣。

啊啊啊啊啊啊啊啊啊啊啊啊啊！

我看見了「她」的臉！

這一秒，我的心如遭電擊，比看見「鬼」更驚懼萬倍！

因為，那是……我的臉！

「啊！」王梓從醫療床上彈了起來，驚恐萬分。

他的雙手抱著疼得快裂開的頭，不停地在喘氣。

「那是……那是我的……那是我的臉……那是我！」他的腦袋裡塞滿了許多影像，如走馬燈般不停地轉，一幅又一幅，轉得他頭昏腦漲。

出現的影像越多，他的眼睛張得越大，無法相信這一切是真的。

「我記起了！一直以來……我看到被霸凌的受害者，不是豆腐人，是我自己！被迫玩捉迷藏的，是我！他逼我穿女生的衣服……戴長長的假髮……我沒有靈魂出竅……我只是……失憶！」

王梓終於記起了所有的事情，那一場造成他消失部分記憶的車禍，真相原來是這樣……

38

王梓天生有缺陷，長短腿令他受盡了眾人的眼光，有同情、好奇、驚訝、嫌棄……等等，他因此而在意自己的身體，不太願意交朋友，寧願與小提琴為伴。

上中學的時候，他在一所補習中心與高一個年級的唐紳相遇，當時他們並不同校。唐紳第一次看到他時，眼睛竟然發亮，眼神就像看到獵物那樣。王梓覺得這男生的眼神令他很不舒服，他走了一段路後不經意地回頭一看，發現他竟然還站在遠處看著他。

這感覺太怪異了，但是王梓也沒想太多，因為已經麻木了大家對他長短腿的異樣眼光。

後來好幾次，王梓的補習結束，等待叫車服務時，他發現唐紳在他後面不遠處，兩人之間有一段距離。有一次，唐紳突然快步走過他身旁，在他的耳邊說了一句話，王梓當下聽不清楚他在說什麼，覺得莫名其妙。

一連好幾次，唐紳經過他身邊時，都會在他的耳邊留下相同的一句話。

最後，王梓終於弄清楚他在說什麼了，不知道還好，一知道就覺得頭皮發麻，因為他說：「我好想看你跑的樣子。」

「什麼東西啊？」

王梓覺得這一個人令他產生莫名的恐懼，他覺得唐紳好像把他當成獵物了，這不是一件令人舒服的事。

後來，情況越來越糟糕，王梓開始收到來自不同陌生電話號碼的訊息，內容都是針對他的缺陷，帶有侮辱性的詞語。

無名

「我真的很好奇，你上輩子到底做了什麼缺德的事啊？所以才會報應在你的腿上。」

無名

「一長一短，到底是什麼感覺呢？」

無名

「我知道你的長褲裡面隱藏了什麼祕密，好想親手打開來看哦。」

無名

「量高度時，到底是根據你的短腿，或是長腿的長度呢？老師一定很苦惱吧？」

無名

「你能跑嗎？你的跑步姿勢一定很怪異，像喪屍那樣，極度不協調，想到都覺得興奮哦。」

這樣的訊息每一天都會傳來一則，盡情地嘲弄王梓的缺陷。他知道全都是唐紳所發來的，因為字裡行間充滿了唐紳的語調。

王梓受盡了屈辱，但是他沒勇氣告訴爸爸媽媽，不想要他們擔心。於是，他便匿名在「復仇網站——RV Station」開了一個帳號，發洩心中的怒氣，也希望有人會為他復仇。在這網站裡，他第一次與一名會員交流，傾訴了內心的痛苦。那會員還鼓勵他，要他勇敢地反抗，不要向惡霸低頭。

有一天，王梓又收到訊息了，內容寫到：

無名

「我想和你玩捉迷藏，你是怪物，我是「鬼」；你去躲，我來抓……一定很好玩。」

王梓一看，立刻毛骨悚然，又急又氣，情緒非常激動他想起那一名會員的話，於是決定鼓起勇氣回復訊息

王梓

「我知道你是誰。為什麼你要把我當怪物來玩弄？太過分了！我是人，不是怪物，就因為我有缺陷，所以注定低人一等嗎？我也有尊嚴，也有生存的權力！為什麼你要用這一種方式來讓我每一天都活在恐懼中？你憑什麼拿我的痛苦來換取你的快樂？你的心理不平衡嗎？」

第一次，王梓那麼嚴厲地指責欺凌他的人，發送了訊息，他的心忐忑不安，受害者是他，他卻覺得是自己做錯了事。

過了很久，終於有回復了：

無名

「我沒想到無心的惡作劇竟然造成你那麼大的困擾……我覺得很抱歉，因為我的無聊、無知，令你陷入了恐懼……你的話把我罵醒了，我真的很愧疚，我無法原諒自己的過錯……」

王梓讀了訊息，覺得鬆了一口氣，原來對方只是惡作劇，他反而覺得自己的遣詞太嚴厲，令對方感到難受。他急忙回復：

王梓

「既然你知錯了，那就沒事了，不要再這樣做就好。」

無名

「讓我們見面，讓我親口向你鄭重地道歉，要不然，我永遠無法原諒自己……求你了……」

王梓

「我已經接受你的道歉了，不需要見面吧……」

無名

「你不答應……你心裡應該還不原諒我……就見面那麼一次，好嗎？」

王梓

「這……唉，好吧。什麼時候？在補習班嗎？」

過了不久，王梓收到一個位置圖，訊息上寫到：

無名

「我現在在這裡，你可以過來嗎？請為我保密，別告訴任何人這事，給我一次悔過的機會。道歉後，我會在你的生活裡消失，不會再與你有任何聯繫。」

王梓很想要趕快結束這一件事，於是，他決定與唐紳見面。

那一天，他赴會了，單純的他並不知道這是一個騙局，那是唐紳設計的陷阱。

唐紳約他見面的地點是郊外的一個廢置廉價公寓區，因為政府徵收土地作發展用途，因此這裡的居民在期限內被要求搬遷，裡面已經人去樓空，沒有水源、電供，只有居民不要的傢俱、衣物、器具、壞電器，以及一大堆垃圾。

王梓使用叫車服務來到這裡，他依照訊息上所寫的，找到了唐紳約他見面的位置，那是C座第七樓的一戶住家。

他費了好大的勁才爬到七樓，氣喘吁吁，雙腳發軟。

叩叩叩！

「唐紳……你在裡面嗎？」王梓輕輕地敲門。

沒人應門，他轉動門把，一轉就開。

「唐紳……」他邊呼喚，邊探頭探腦地走進去屋裡，廚房裡好像有人影。

當他向廚房走去時，突然……

砰！

大門關上了！

他心一驚，聽見外面有上鎖的聲音，便立刻衝過去想要把門打開。

真的鎖了！

「開門！開門！唐紳，我是王梓！我在裡面！」他拚命地呼喊。

但是沒人回應，外面靜悄悄的，沒有聲音。

王梓急忙透過百葉窗往外看，他只看見一個人的背影逐漸地走出他的視線範圍外。

「唐紳！唐紳！唐紳！」他不停地呼喊，想要把唐紳叫回來。

但是，他始終沒有回頭。

王梓焦急地掏出手機，發現這裡竟然沒有電信訊號，更別說網路了。
他想辦法打開門窗，但都失敗了。
「他不是說要親口道歉嗎？為什麼把我關在這裡？他到底想幹什麼？」
他又累又渴，看到桌上有一瓶礦泉水，一打開就大口地猛灌。
喝完後，他覺得異常疲累，於是不知不覺地在地上睡著了。
不知道過了多久，當王梓起身的時候，他覺得頭很沉重，還有點暈眩的感覺。
「那一瓶礦泉水，好像不太對勁……」
下一秒，他發現了更不對勁的事——他的身上穿著裙子，頭上戴著長長的假髮！
「啊！」他立刻把假髮拉下來。
「嗤嗤！」有人在屋外竊笑。
百葉窗外有一個人影！
「唐紳……放我出去！」王梓跌跌撞撞地爬到百葉窗旁。
「你真的來了……既然來了，那就陪我玩吧！」
「玩？玩什麼？」王梓的心裡發毛。
「玩……捉迷藏啊！我不是說過了嗎？我真的很想跟你玩捉迷藏……嗤嗤！」
「不！我不要玩捉迷藏！我要回家！我要打電話給我的媽媽……」王梓到處找他的手機，發現手機不見了。
「你的手機，我會好好地幫你保管，我還會發訊息告訴你親愛的媽媽，你趁學校假期，跟朋友去國家公園參加生活營，那裡沒有電信訊號，叫她不必聯絡你……看，我是不是很貼心？」

「你不可以這樣……」

「你乖乖地在這裡陪我玩，我玩膩了，自然會讓你回家……你別脫下裙子和假髮哦，要不然惹火了我，你就不能回家了哦……」

「不要……求求你……放我走……」

「嗤嗤！嗤嗤！」

唐紳就這樣把王梓軟禁在公寓裡，一天只讓他吃一個麵包，不讓他有逃脫的力氣。他在每一夜都安排了捉迷藏遊戲，當他播放的韓國童謠一結束，表示遊戲開始了，他就要來捉人了。

王梓受盡了折磨，無論他躲在哪裡，都會被唐紳找到，因為唐紳一直都在暗地裡偷看他躲藏的位置。唐紳一直都把他當作老鼠般來玩弄，用盡方法擴大他內心的恐懼，令他一直處於精神緊繃的狀態，對他百般欺凌。

王梓之前一直以為他靈魂出竅看到竇芙被霸凌，因為「她」穿著裙子，長頭髮，聲線細。沒料到，他六次出體看見的「她」，竟然就是他自己！

狡猾的唐紳每一次在玩捉迷藏時，都會製造一個假象，讓王梓以為有機會逃脫，而他就在王梓以為有一線希望的時候，突然現身追捕他，把王梓的驚懼推到頂點。其實，他的目的是想看王梓用長短腳狼狽逃跑的模樣，看著王梓驚恐的身體動作，他覺得異常興奮，他從這方式得到無比的快感。

已經第八天了，王梓從失望到有希望，再回到失望，周而復始。漸漸地，他的意志越來越薄弱，甚至連出去的欲望也快被折磨得消失殆盡了。

這一天晚上，被禁錮在三樓一個住家的王梓如行屍走肉般靠著牆，呆滯地看著唐紳開鎖進屋裡，把麵包和礦泉水放在他的旁邊，再默默地看著他把門鎖上。

「吃飽飽，待會兒才有力氣玩捉迷藏哦！」他離開前留下這一句話。

王梓從窗戶看出去，外面黑漆漆的，還飄著毛毛雨。

突然，他發現有好幾條百葉窗的鐵支已經斷了。於是，他便走過去用力拉其中一條鐵支，竟然被他拉下來了。拆下了好幾條鐵支後，窗戶開了一個洞，剛好能讓他穿出去。

王梓的心怦怦急跳，他小心翼翼地穿過窗戶的洞，雙腳慢慢地落在走廊的地面上。他一出來，立刻把身子蹲下在地上爬，一直爬到最底層。在爬動的過程中，他好幾次想放棄，因為擔心這一次又是唐紳所設的陷阱。

不知過了多久，他不敢相信腳下踩著的是離開公寓區的小徑，才確定這不是陷阱，唐紳並不知情。地面又濕又滑，他拖著疲累、瘦弱的身軀，跌跌撞撞地往前方跑，還不斷地回頭看，擔心唐紳追上來。

突然……

「吼——」

公寓區裡傳來一陣怒吼，王梓知道唐紳已經發現他逃脫了，而且還很氣憤！

他跑得更急，假髮和裙子頻頻被兩旁的樹枝鉤住，他乾脆把假髮丟掉，把裙子撕爛變短。

「他追來了！他追來了！」

他一定不能被他追到，如果這一次他被抓回去，下場無法想像。但是，這一條小徑怎麼那麼長？為何還沒看到盡頭？

啊，看到馬路了！

啪啪啪啪啪啪！

王梓的後面突然傳來十分急促的跑步聲……唐紳快追上來了！

「不要！」他的內心在吶喊，「還差一點點！還差一點點！」

後面的腳步聲越來越近了，他彷彿還聽見唐紳低吼的聲音！

他飆著恐懼的淚水，用盡最後的力氣向馬路衝出去……

吱嘎——

砰！

躲在草叢裡的唐紳目睹一輛經過的汽車把王梓的身體撞得飛起……

醒來後，王梓忘記了所有有關霸凌的一切，包括小時候被欺凌的記憶，或許，他在潛意識裡不想要有這一些痛苦的回憶，因此才會選擇性失憶。

王梓的父母對於他在意外後的改變感到驚訝。但是，他們覺得他現在變得開朗、樂觀、自信，反而是一件好事，因此沒向他提起以前的性格，他也以為自己的性格一直以來都是正面、積極的。

即使王梓不記得車禍原因，也說不出為何他會出現在那兒，王先生和王太太也不再追究，反正車禍後的兒子更快樂了，還有什麼可求？

車禍受傷痊癒後，王太太陰差陽錯，竟然把王梓轉到唐紳就讀的學校。

唐紳見到王梓時，真的嚇呆了，但他發現王梓並不認得他。他慢慢地接近王梓的朋友群，觀察他、試探他，發覺他真的失去那一段記憶時，他才鬆了一口氣。當王梓告訴他出體看見竇芙被霸凌時，他心裡清楚那並不是什麼靈魂出竅，而是王梓記起了失憶片段。他力勸王梓別再想出體的事，也把他與竇芙隔離，因為擔心他會恢復記憶。但是，王梓的受歡迎讓他滋生嫉妒之心，甚至再度燃起了霸凌的欲望。這一次，他以正義的姿態幫助王梓，博取他的信任，背後卻對他進行惡毒的網路霸凌，還借助鄉民的言論力量來抨擊王梓，令他再度陷入心驚膽懾的狀態。

一場車禍的背後，竟然隱藏了那麼多不為人知的祕密。

唐紳……為何會做出那麼狠毒的事？

39

王梓不知道自己如何回到了家裡，在醫務室開始，他的腦袋就渾渾噩噩的，他逐漸恢復了記憶，記起了所有被欺凌的事。

他覺得無法接受，很害怕，不知道如何是好，也不敢對任何人提起那一場車禍是唐紳間接造成的。

他在書桌前坐了半天，不知怎麼的，突然想起復仇網站。於是，他便上網進入RV Station，輸入他的帳號。他並沒給唐紳這號，因為當時他並不記得有關復仇網站的事。

當他成功進入時，發現訊息箱裡有好幾則他還沒讀過的新信息。

「啊，是DF……」

DF就是之前一直在鼓勵他的那　名會員。

DF

「今天，班上來了一名轉學生，就坐在我的鄰桌……他的腿跟你一樣，一長一短……那是你嗎？」

DF

「今天，我問了他關於復仇網站的事，他答非所問……他的性格很開朗，完全不在意身上的缺陷，小提琴拉得很棒……覺得你們應該不是同一個人。」

DF

「好久都沒收到你的信息，你沒事吧？之前欺負你的那個人，他還是那麼過分嗎？你記得要堅強起來，反抗他喔。」

DF

「我跟你一樣……在學校被排擠、杯葛……甚至被誣衊……我不敢說出來……我不知道誰可以幫我……唉……叫你勇敢反抗……自己卻那麼懦弱……」

王梓一則一則地讀完了訊息，他內心感到非常驚訝。

「班上來了一名轉學生……鄰桌……他的腿跟你一樣……DF……DF……Dou Fu難道她是……竇芙？」

王梓決定回復訊息給DF。

王梓

「請問……你是不是豆腐人？」

許久後，DF終於回復了。

DF
「你怎麼知道我的綽號？你是誰？」

王梓
「我是……王梓。」

DF
「你真的是王梓？為什麼你那麼久才回復？我還以為我認錯人了。」

王梓
「對……我之前忘記了這帳號的密碼……」

DF
「哦，原來是這樣。你還好嗎？最近還有被他欺負嗎？你轉來我們學校後，我才知道原來你的性格那麼開朗，應該沒事了吧？不對，最近大家都在網上攻擊你……」

王梓
「我沒事！」

DF
「沒事就好……」

王梓

「嗯。」

DF

「有一件怪事，我想告訴你……」

王梓

「什麼事？」

DF

「兩個星期前，有一天放學後，我在圖書館遇見唐紳，我的心七上八下的，緊張得要命。那時候，他在聚精會神地看著他的筆記型電腦螢幕，並沒有發現我。那時候，我站在他的後面，一直在猶豫著要不要跟他打招呼，又怕他用冷漠的態度對我，目光不經意地停留在螢幕上，我嚇了一跳，因為螢幕上有你的照片。後來，我發現他正在寫訊息，用的帳號是英文名稱，好像是……Hide什麼的，沒幾秒後，他好像發覺到背後有人，於是立馬把訊息的窗口關掉，瀏覽了臉書一會兒後，才轉頭看……」

王梓

「嗯。」

DF

「他看到是我，愉快地跟我打招呼……聊了一些無關痛癢的話後，我便離開了圖書館。我覺得很奇怪，為何唐紳會有你的照片？那一些照片，看起來不是你的生活照，反而像是……偷拍的。你最近有沒有發覺被跟蹤啊？」

王梓

「你看錯了吧？」

DF

「是嗎？我真的看錯了？可是，照片裡的人，真的很像你呀！」

王梓

「你想太多了。」

DF

「可是……」

王梓

「你自己的事情都管不好，就別多管閒事好不好？」

DF

「什麼意思？」

王梓
「你看回之前的訊息，你不是告訴我說你被排擠、杯葛、誣衊嗎？還有閒工夫去理別人的事？」

DF
「嗯。我明白了。不打擾，再見。」

賽芙發了最後一則訊息後，狀態便顯示「離線」。
王梓覺得很難受，他知道傷了賽芙的心。
他隱瞞了回復記憶的事，也沒告訴賽芙其實Hide & Seek就是唐紳。
他選擇了……逃避。

40

「老公，最近你有沒有發覺寶貝有什麼不對勁嗎？」

「老婆，兒子怎麼了？我忙著工作，你每一天都在家，你應該比較清楚啊？」

「前幾天，我收拾房間時，發現小提琴的弦都斷了……」

「琴弦會斷，不是正常的嗎？不會斷才不正常吧？」

「可是，那一些弦，好像都是被剪斷的……」

「不是吧？老婆，是不是你大驚小怪的毛病又發作了？」

「老公，我問你，你多久沒聽見寶貝的小提琴聲了？」

「說得也是……我還以為兒子的功課太多，沒時間練習。」

「而且，寶貝最近也常常請假，他說頭疼，不舒服，一直把自己關在房間裡面不出來，話也少了很多，笑容都不見了……感覺他好像打回原形，變回以前那一個不快樂的寶貝。」

「啊，是不是那一次車禍撞傷頭的後遺症？」

「我也不知道……我說要帶他去醫院檢查，他一直說沒事……」

「那沒辦法，反正現在剛好學校假期開始了，就讓他好好地在家休息吧……開學時，我們再看看怎樣……」

「好吧……我要求求老天爺保佑，別讓寶貝有什麼事啊……」

王先生握著王太太的手，安撫她。

王梓在房裡聽見了爸爸和媽媽的對話。

「媽媽說得對……我……打回原形了……因為鬼魅再次纏上了我……不肯放過我……我很害怕……我真的不敢反抗……他會變本加厲……一閉上眼睛……就想起捉迷藏……好痛苦……只有把自己藏起來……最安全……對不起……媽媽……對不起……爸爸……」

王梓根本沒辦法擺脫這鬼魅，幾乎每一天，他都會收到一則「鬼」發來的訊息，瘋狂地嘲諷他、奚落他、侮辱他。

諷刺的是，這幾天裡，他還一直斷斷續續地收到唐紳問候、關心的訊息，還向他匯報網友調查IP位址的進展，並安慰他一切都會過去，叫他別那麼擔憂。

「你到底是魔鬼，或是天使啊？你這偽裝成天使的魔鬼！你比魔鬼還要恐怖一萬倍！」

41

雖然竇芙終於知道了王梓就是她之前在 RV Station 認識的網友，但是她卻沒有一絲的喜悅，反而深切地感受到他的冷漠與陌生。

她伸手進去背包裡，把剛從自助洗衣店裡洗乾淨的韻律操練習服藏在深處，然後才推開大門。

一進去屋裡，竇芙便看見竇奶奶拉著臉坐在客廳裡，好多紙散亂地放在茶几上。

「奶奶，我回來了……」竇芙覺得奇怪，竇奶奶在這個時候應該在廚房裡忙著挑黃豆，怎麼會坐在客廳裡。

「你最近的考試成績如何？」竇奶奶一字一字地問。

「考試？成績……很好啊。」竇芙的心一驚。

「很好？有多好？」竇奶奶繼續問。

「呃……」竇芙覺得不對勁，她的眼角掃到了茶几上的紙張，那不是她的考卷嗎？怎麼會……

「你還想撒謊？」竇奶奶厲聲責問，把考卷全掃在地上。

「我……」竇芙不知所措。

「雖然我不認識字，但數字我還認得，這一疊考卷裡，沒有一張的分數是超過50分！如果不是我在收拾你的房間時，發現這一疊考卷，我還不知道你要騙我到什麼時候！」

「奶奶……」

「我不是讓你去補習嗎？為什麼會補個爛成績回來？上課時你到底在幹什麼？你去補習時在作白日夢嗎？我那麼辛苦地賺錢給你付補習費，要你考個好成績，你就用這樣的成績來回報我？」

「我根本沒去補習班。」

「你說什麼？再說一遍！」竇奶奶不敢相信。

「我根本沒去上什麼補習班！補了幾個月，我的成績還是一樣差，我不是讀書的料，再繼續補習根本是浪費錢，乾脆不要補算了，成績差就差吧，反正也改變不了！」竇芙終於說出心裡的話。

「你沒去補習班……那補習費呢？你花到哪裡去了？你每一天都那麼晚才回家，到哪裡去了？」竇奶奶的視線停留在竇芙的背包上，「打開背包給我看！」

「啊……」

她想要把背包藏起來，但來不及了，竇奶奶站起來一把拉下背包的肩帶，反手就把裡面的東西全倒出來。

「這是什麼？」竇奶奶拿著練習服及布鞋，露出訝異的表情。

抖。

「韻……律操的……衣服……鞋子……」

「什麼？跳舞？你不去補習，就去跳舞？」

「我喜歡韻律操！我不喜歡念書！」

「我那麼辛苦地幹活，只為了讓你把書念好，有那麼難嗎？」竇奶奶的聲音在顫抖。

「奶奶，我不喜歡念書，我一看到課本就頭昏腦漲，無論多努力，還是沒辦法把課文弄明白……為什麼你一定要逼我考到好成績？為什麼你要把你的希望全放在我的身上？你有問過我願不願意嗎？你越辛苦，我的壓力就越大，你知道嗎？你想要的，並不是我想要的，你怎麼可以那麼自私逼我來完成你的心願？你知不知道，你真的很自私！」

良久，竇奶奶一句話也沒說，她默默地把東西全撿起來，放回背包裡。

「我不懂得教你……我只為自己……我是個自私的奶奶……」竇奶奶紅著雙眼把背包塞進竇芙的懷裡，然後把她往大門推，「你走！你去過你要的生活，我不想再管你！」

砰！

大門關上了！

「奶奶……奶奶！開門啊！開門！」竇芙始料不及，用力地拍打木門。

裡面再也沒有回應的聲音。

竇芙的心就像被撕裂一般，她覺得很委屈，不想再繼續逗留在那裡乞求奶奶開門，也不想引起鄰居探頭來八卦，於是便走到村子外的公車候車站裡呆坐掉淚。

「怎麼辦？難道今晚真的要露宿街頭？奶奶怎麼可以那麼狠心啊？」她看著漸漸暗下來的天色，覺得異常心酸。

走投無路之下，她只好發訊息給唐紳，希望他有地方收留她。

「唐紳……會回復嗎？」她呆看著手機螢幕。

42

「這幾天我發了那麼多訊息給他，無論是以 Hide & Seek 或是用唐紳的帳號，他都看了沒回復……也沒對我說又收到了『鬼』的訊息……怎麼會這樣？」

唐紳打著赤膊躺在床上，瞪大雙眼望著天花板在思考。

「難道……他開始懷疑我？」

一想到這裡，他整個身體彈了起來。

「那一天，我在圖書館寫訊息要羞辱他……竇芙站在我的後面……她看到了我的訊息？難道……她把看到的東西告訴他……只有這個可能性了……好啊……竟然暗地裡背叛我……你會後悔的……」

砰！

突然，唐紳的房門被一股力量撞開！

只見唐老闆氣急敗壞地衝了進來，後面還跟著滿臉委屈的唐太太及淚眼婆娑的唐千晶。

「不要！不要！我不要看到他！我不要再看到他！」千晶在尖叫，聲音充滿了恐懼。

唐紳還不知道發生了什麼事，已經被唐老闆拖下床，跌坐在地上。

「畜牲！你還是人嗎？」唐老闆氣得額頭的青筋暴露。

「爸……」

「無論你平時對她們的態度是多麼的惡劣，我都可以不計較……但是，你竟然過分得連這一種畜牲的行為都做得出！千晶是你的妹妹啊！你竟然……竟然偷看她洗澡？」

「什麼？我沒有！」

「你還狡辯？女傭明明看著你從千晶的房間出來，當她進去時，發現千晶正在洗澡！你說！你進去幹什麼？」

「不要再說了！」千晶哭得雙眼紅腫。

一名女傭不知什麼時候站在房門外。

「秋娣，你是不是真的看到他從小姐的房裡走出來？你給我說清楚！」唐太太瞪著那女傭。

「是……是的，太太。小姐在房間裡洗澡……小姐洗好後……我就告訴她……」

秋娣的眼神畏縮。

「求求你們，不要再說了！」千晶再也承受不住，甩開唐太太的手，衝出房外。

「寶貝！」唐太太和秋娣追上去，「秋娣，快看住小姐！」

「畜牲！」唐老闆抽出腰帶。

「爸……不要！」唐紳的腦袋亂成一團，當他看到唐老闆抽出腰帶時，他立刻陷入了兒時的恐懼。

「不要叫我爸！我沒有你這樣的畜牲兒子！你丟盡了我的臉！」

唐老闆的腰帶一鞭又一鞭，毫不留情地在他的身上抽打，他彷彿看到了童年的自己，忍受著爸爸的虐打，即使現在他已經長得比唐老闆高大健碩，但小時候的陰影讓他不敢反抗。

唐紳的上半身被鞭得皮開肉綻，他拚命地把自己往牆角縮，心態上變成了兒時的自己，嘴裡不斷地哀求：「求求你，別打了……別打了……我再也不敢了……」

小時候，他心裡覺得只要求饒，爸爸就不會打得那麼厲害，即使他根本沒有犯錯。

唐老闆畢竟不再年輕，沒一會兒就氣喘吁吁，累垮了。

唐紳躺在地上，在朦朧中聽見有人在說話。

「老公，這個家，我和千晶不知道如何再待下去了……我擔心千晶會做傻事……或許……我們離開會比較好……」

「你們別走，要走的是他！放心，我已經安排好他高中一畢業就送去英國念書，我不會輕易讓他再傷害你們……」

「我不忍心報警……因為他是你的親兒子啊……而且也擔心會影響你的聲譽……」

「老婆，謝謝你的寬宏大量，我一定會用我的生命來保護你們，你和千晶就是我的寶……」

不知過了多久，外面的天色全暗了，房裡沒開燈，漆黑一片，他就像死屍那樣癱瘓在地上一動也不動，但眼睛睜得老大。

喚醒他的知覺的是手機的訊息聲。

他拖著傷痕累累的軀體，如行屍走肉般打開訊息。

「我無家可歸，你有地方收留我嗎？」

看了這訊息後，他的眼睛突然閃爍著光芒，嘴角露出詭異的微笑……

嘀嘀嘀嘀！

「我爸爸在郊外有一個公寓，租客剛好搬走，你可以暫時住在那裡。我把位置發給你，一個小時後，在那兒見。」

竇芙沒料到那麼快就收到唐紳的回復。

她看了看位置圖，不知道那是什麼地方，於是便使用叫車服務送她到目的地。

「好的，我就到。」

43

叩叩叩！

「媽，我說過我不餓，我很累，想睡……」王梓聽見敲門的聲音，便這樣回答。

「寶貝，你的朋友來找你了，你要不要下去見她一下？」王太太小心翼翼地問。

「朋友？誰？男的或是女的？」他突然變得緊張。

「一個可愛的女生，她說她的名字是……」王太太也跟著緊張起來，「哎喲，我一轉身就忘了！」

咔！

房門打開了一個縫，站在門後的是一個看起來邋遢，瘦削，滿臉鬍渣，頭髮亂七八糟的男生，完全無法跟往日神采飛揚的「小提琴王子」聯想在一起。

「媽，請叫她回去，我不想見任何人……」

「不行！你一定要見我！」宋婕婕突然從樓梯衝上來，用力把門一推，「阿姨，我們聊一下，你去忙你的吧！」

婕婕一說完，房門就砰一聲關上了。

「哦……好的。」王太太一陣錯愕，不太放心地轉身下樓去。

唰！唰！唰！

婕婕一進房間便拉開所有的窗簾，打開每一戶窗，讓陽光灑進來。

「呼——總算呼吸到人類需要的空氣了！」她把頭探出窗外。

「你來……幹嘛？」王梓讓身體陷入豆豆袋沙發裡。

「你不回復訊息，不上網，不接電話，現在甚至聯手機都撥不通……除了上你家，我還有什麼辦法？」

「我……手機壞了。」王梓撒謊，其實他為了逃避，已經關機好幾天了。

「你知道嗎？那一天，我回去醫務室找你，你不見了，老師也不知道你去了哪裡，電話又聯絡不上，我都快急死了……算了，看到你還活著，我還放心一點。」

「對不起……」那一天，王梓完全不能正常思考，更不會記得向她交代。

「你到底怎麼了？你看看你現在的模樣，我說你是小提琴王子，肯定沒人相信！」婕婕上下打量著他。

「我沒事……」

「一個、兩個都說自己沒事，我那蠢蛋表妹也是這樣，跟閨蜜吵架了，明明是閨蜜的錯，卻拚命說沒事、沒事，還是要跟她膩在一起。我說啊，她那閨蜜刁蠻又任性，整天都在欺負表妹，但蠢蛋表妹總是重感情，兩人從小就認識，常常玩在一塊兒……所以啊，每一次哭過後，又原諒她了……」

「抱歉……我對陌生人的事沒興趣。」王梓忍不住打斷她，他已經夠煩了，腦袋裝不下其他的八卦。

「嚴格來說，這可不是陌生人的事哦，我表妹的閨蜜，其實算起來也跟你有關聯……」

「你在亂說什麼？不要沒話拿話來講。」王梓顯得很不耐煩，他很後悔沒阻止婕婕進房間來。

「我沒亂瞎掰哦，告訴你，我表妹的那個『傲嬌』閨蜜啊，就是會長的妹妹！」

「會長？唐紳？」王梓的上半身立刻從豆豆袋沙發裡彈起來。

「要不然？哼，再告訴你一個祕密，會長和他的妹妹，並不是親兄妹哦。我聽我的表妹說，他小時候……」婕婕把唐紳的家庭及成長背景都說給王梓聽。

王梓聽完了婕婕的敘述，這才明白為何唐紳的心理會如此的不平衡，原來這一切都是有原因的！

但是，知道了原因後，他反而更覺得沉重，隱約中有不安的感覺，頓時陷入了雜亂的思緒裡，連婕婕是什麼時候離開的，他也沒察覺。

「啊，豆腐人並不知道唐紳是這樣的一個人！豆腐人那麼喜歡他，之前我還拜託唐紳幫我處理她的事情，他們現在的感情肯定沒那麼簡單！那一天，她還無意中發現了他是Hide & Seek……如果豆腐人有事，那就是我間接造成的！我太自私了，我選擇逃避，隱瞞了唐紳的惡行，讓豆腐人對他毫無防備……不行，我要告訴她，叫她遠離唐紳！」

他非常擔心竇芙的安危，於是立刻發了一則訊息給竇芙，但等了許久都沒回復，他就直接撥電話給她。但是，竇芙的手機一直無法接通，那一頭的語音通知顯示她的手機在無電信網路覆蓋的位置。

他的腦海突然閃過一個念頭，他按捺著無比的懼怕，用家裡的電話撥打唐紳的手機。

「您所撥打的號碼，暫時無法接通……」

「無電信網路……暫時無法接通……他……不會把她帶到……那裡吧？」

王梓的腦海裡出現了一個午夜夢迴也會飆一身冷汗的地方，一個他想盡辦法要遺忘的地方——廢置公寓區！

44

天色已經暗了，還開始颳風，看起來好像要下雨了。

王梓又來到這一個被他藏在心裡最陰暗角落的地方，他站在那一天發生車禍的位置，小徑的草叢更高了，快把小徑給遮蓋住了。

他站在路口，久久不敢向前踏一步。

「真的要回去嗎？他看到我時……肯定不會放過我吧？他會像以前那樣……逼我玩捉迷藏……我不要玩……我是不是應該不要那麼多事……現在轉身……還來得及……但豆腐人怎麼辦？是我隱瞞真相……她才會對他毫無防備……掉入陷阱……」

他的心七上八下，天人交戰。

突然……

「不要……嗚……嗚……」

王梓隱約中好像聽見很微弱的聲音，若不是現在這裡異常僻靜，要不然不會聽見。

「啊，那是豆腐人的聲音！」原本裹足不前的王梓，當下立刻往廢置公寓區快步走去。

果然，王梓猜測得沒錯，當他一進入口字形公寓中間的那一塊空地時，看見唐紳正拖曳著一大塊東西。

當那一塊「東西」反過來時，他看到了一張人臉！

那不是什麼「東西」，那是竇芙！

「啊！」他忍不住叫了起來。

正沉醉在遊戲裡頭的唐紳聽到聲音時一怔，他沒想到這裡還有第三個人。

「王梓？」唐紳瞇著眼睛向他的方向看去。

王梓的喉頭咕了一聲，嚥下一口唾液，不敢回應。

「我想，你會來到這裡，就表示你已經恢復記憶了吧？是不是這臭婆娘告訴你的？我就知道她出賣我！」唐紳用腳踢了竇芙的身體一下，只見她的表情很痛苦，氣若遊絲。

「她怎麼了？你……你對她做……做了什麼？」王梓在顫抖。

「嗤嗤！沒做什麼啊！不就跟你以前玩的一樣，捉迷藏啊！讓我想一下，昨晚我們玩了什麼……啊，對了，她躲在廁所裡不願意開門，我就把一桶又一桶的雨水從她的頭頂倒下去，那一些雨水，我存了好久呢……後來，半夜的時候，她全身發抖，不斷地呻吟……吵死人了！你看，今天她整個人就變成軟綿綿的，剛才跑幾步就倒下了，根本不能陪我玩，我今晚的遊戲節目就這樣泡湯了！回想起來，還是你比較好玩，不像她，玩幾次就倒下了，真掃興……」唐紳滔滔不絕地敘述他的「傑作」。

「豆腐人……她是不是著涼發燒了！」王梓急切地看著寶芙。

「是吧？淋幾桶水就著涼，真的很差勁！咦，你今晚來這裡，不是想要來救她吧？嗤嗤！你也太不自量力了吧？看看你的腿，一長一短，走路的時候一拐、一拐的，真的很醜、很蠢，你知道嗎？你有沒有照過鏡子看你自己走路的樣子？我第一次看見你走路的時候，心裡興奮莫名，視線完全不能離開你的腿。我走給你看，就是這樣……」唐紳誇張地模仿王梓走路的模樣，醜化他，「噗嗤！太好笑了，實在太好笑了！」

「你……」王梓看著自己的缺陷赤裸裸地被他拿來玩弄，又氣又難堪。

「我告訴你喔，你不只是怪物，你還是廢物呢！像你這樣的廢物，不應該生存在這世界上！我一再地欺凌，你完全不敢反抗，膽小、懦弱，還不是廢物？」

「夠了！」

「夠了？大家快來聽一聽，大新聞哦，今晚廢物竟然敢大聲反駁？太有趣了……再來啊，再反駁啊，我好想聽呢……嗤嗤！」

王梓看著他，露出同情的眼神。

「十七年前……有一個寶寶誕生了，是一個男孩……他得到了爸爸和媽媽所有的愛……但是，好景不常在，小男孩的媽媽在他兩歲的時候就病逝了……後來，他爸爸再娶了一個太太，還生下了一個妹妹，爸爸視妹妹如珍寶，忽略了他……三歲的時候，他還小不懂事，玩蠟燭不小心造成意外，燒傷了妹妹的手臂……從那時候起，他變成了爸爸的眼中釘，繼母和妹妹憎恨的人……爸爸動不動就拿他來一頓毒打，用腰帶、木棍、衣架，拿到什麼，就用什麼來打……繼母和妹妹在旁不斷地煽風點火，即使闖禍的是妹妹，被打的卻是他……妹妹持寵生驕，變得刁蠻任性，但在爸爸面前卻扮可憐、委屈，不時以傷疤來提醒他，要他永遠都虧欠她……」

「你在胡說什麼！」唐紳的眼睛都大了。

「我覺得……因為童年的悲慘遭遇，他現在才會那麼憎恨女生，憎恨身上有缺陷的人，認為他們虛假，利用缺陷來博取眾人的同情，為所欲為……」

「對！我厭惡看到像你這樣的廢物招搖過市，所以我要懲罰你……把你打扮成女生樣子，看到你被欺凌而痛苦時，就像看到千晶被我折磨那樣，這樣我才能把我對她累積多年的怨恨發洩出來……」

「爸爸事業越來越成功，繼母擔心爸爸的產業全留給兒子，她變本加厲，千方百計要破壞父子之間的感情，即使他已經是少年，爸爸也會不留情地在他臉上掃耳光，只因為繼母的片面之詞，說他學壞了，學人家抽菸……」

「她太過分了！竟然偷把一包香菸藏在我的背包裡，然後叫爸爸進來房間搜查！還說不只一次在爸爸出國時，發現我在房間裡抽菸！我根本沒有抽菸！她誣衊我！那一天，我很生氣，好想要找一些事情來發洩，剛巧，你發訊息來了……你說你不是怪物，你也有生存的權力……還說什麼憑什麼拿你的痛苦來換取我的快樂……問我的心理是不是不平衡……混蛋！竟敢說我心理不平衡！既然你送上門來，那我就順手把你騙來這裡當玩物……說是要當面向你道歉，其實是要發洩在你身上！」唐紳激動得雙手緊握拳頭，「前幾天，我萬萬沒料到那兩個女人竟然使出更歹毒的招數，誣衊我偷看千晶洗澡！爸爸他相信了……把我打得遍體鱗傷……我恨她們……她們陷害我……這臭婆娘也跟她們一樣要害我，所以我把她帶來這裡，讓我好好地發洩！」

王梓看到奄奄一息的竇芙，心裡焦急得很，反而激起他了對抗唐紳的勇氣。

「你才是廢物！」他突然衝口而出。

「什麼？」唐紳錯愕。

「我說你才是懦弱的廢物，被欺凌了，只會把怒氣發洩在弱者身上，沒膽量去反抗對你施暴的人！我說你，你才是愚蠢，到今天都還不知道自己做錯了什麼！我說你才是虛假，表面上維持正義，完美大英雄的形象，其實內心陰險、惡毒！我說你才是殘障，你的心有缺陷，性格嚴重扭曲，心理極度不平衡！」

「我沒有！你閉嘴！」唐紳指著王梓怒吼。

「你的爸爸愛你嗎？」

「他……」唐紳瞬間神情大變，他完全無法回答這問題。

「你從小就失去母愛，懂事以後，一定很渴望爸爸愛你吧？」

「我……」唐紳好像陷入了他的思緒裡，雙眼迷惘。

「我的爸爸不是最厲害、最強壯、最聰明、最富有的，但是，從小，他就是我的英雄。他牽著我的手教我走路，他教我如何繫鞋帶，他帶我上學，他幫我趕走惡狗，他陪我做功課到深夜，他帶我去釣魚，他買雪糕給我吃……媽媽責罵我時，他幫我拉開她，維護著我，趁她沒注意來安慰我……我考試不及格，他沒責備，只摸摸我的頭說：盡力就好……他總是把最好的留給我，用無私的愛包容我……」

「爸爸……」唐紳像洩了氣的皮球，眼神沒有焦點。

「我雖然有殘缺，但爸爸和媽媽的愛填滿了我的缺陷，我覺得很幸福……你呢？你什麼都有，但是卻很可憐，你愛你的爸爸，你也想要得到他的愛，你很努力地學習，各方面得到好成績，只為了要他注意你、稱讚你、關心你、鼓勵你、認同你……但是，你付出了那麼多，他還是沒看你一眼……」

「我真的很努力……即使得到一句讚美的話也好……一句也好……但是……他沒有……他看不到我……我好想要他抱抱我……但是……他只會打我……不斷地打我……我沒做錯……他不理……好疼……好疼……」唐紳突然抱著頭蹲在地上，把自己縮成一團喃喃自語。

「唐紳……你沒事吧？」王梓覺得他不對勁，於是戰戰兢兢地向他走過去。

轟隆！

天空突然響雷！

「啊啊啊啊啊啊啊啊啊啊！」唐紳好像見到鬼似的，跌坐在地上，驚慌地往後退，「不要過來！不要過來！」

王梓嚇得不敢再向前去。

唐紳轉身就拔腿急奔，發狂地向公寓跑去，一下子便消失在黑暗中。

「啊啊啊啊啊啊啊啊啊啊啊！」

歇斯底里的吶喊聲劃破了陰暗的長空……

45

在醫院昏昏沉沉地睡了幾天，竇芙終於可以下床了。

她第一件要做的事，便是打電話回家給竇奶奶。

「已經超過一個星期沒回家，奶奶一定擔心死了！」竇芙把護理師姐姐給的硬幣投入公共電話裡。

她撥了好幾次，電話通了，但沒人接。

「奶奶在這個時候應該在家，怎麼沒接電話呢？」她心裡覺得不安，於是便轉撥鄰居阿姨的電話。

電話另一頭終於有人說話了。但是，竇芙跟鄰居阿姨講完電話後，整個人跌坐在地上泣不成聲，耳裡一直迴蕩著阿姨的話。

「……那一天晚上，我好像聽見你們吵架了……後來沒了聲音，我就去竇奶奶家，想問她什麼事……沒人應門，從窗口見到她躺在地上……送去醫院，診斷出大腸癌末期……原來竇奶奶早就知道，也清楚痊癒機率極低，因此放棄治療，隱瞞病情，因為要拚命賺錢給你留學……一直逼你考取好成績，因為擔心她離開後，你沒辦法靠自己活下去……不要你像她那樣，因為沒學識，靠勞力辛苦來養活自己……」

「原來是這樣……原來是這樣……奶奶……嗚……」寶芙沒想到，寶奶奶對她的苛刻，背後的原因原來隱藏著沉甸甸的愛。

「豆腐人，原來你在這裡！我們到你的病房找不到你，嚇死我了！」婕婕大叫大嚷，旁邊的王梓急忙「噓」她。

「你怎麼哭成這樣？發生什麼事了？婕婕，先扶她回病房再說。」王梓被寶芙滿臉的淚水嚇壞了。

「奶奶……她……」回到病房裡，寶芙把寶奶奶的事情都告訴了他們。

「原來寶奶奶她是用心良苦啊……」婕婕很感慨。

「她那麼辛苦賺錢……甚至犧牲治療的機會……逼我考到好成績……只為了讓我將來有好的生活……我真的很不孝……我連她病得那麼嚴重還不知道……還怪她……」寶芙的心如刀割。

「不能全怪你，你也不知道寶奶奶病了，何況她刻意隱瞞病情。你要振作起來，珍惜寶奶奶剩下的日子，好好地陪伴她。」

「對啊！一切都過去了，那唐紳已經不會再出現了，你不用害怕！」婕婕突然冒出一句。

「啊，唐……紳，他……」聽到唐紳的名字，寶芙還心有餘悸。

「嗯。那一天晚上，你已經奄奄一息，我心焦如焚，跑到大路截停路過的車子，請他們叫救護車，也報了警……警方抵達時，找了很久，才在一戶空屋的衣櫃裡找到他。據說，當時他縮成一團，全身顫抖，眼神渙散，口裡不斷地重複說：『爸，不要打我，我再也不敢了……』他的神智就好像是一個做錯事的五六歲孩子那樣，很害怕，不斷地求饒。」

「唉，聽了真讓人心酸。聽我的表妹說，他的爸爸清楚了整個事情的始末，知道唐紳今天會變成這樣，全是他一手造成的，覺得非常愧疚，想盡辦法要補償，於是安排送他到國外去治療。」婕婕歎了一口氣，「而他的惡毒繼母和妹妹知道了事態演變成那麼嚴重，內心極度不安，向唐爸爸承認是她們誣衊唐紳。唐爸爸選擇了寬恕，因為他不想再製造第二個唐紳。」

「真沒想到，好好的一個人，竟然會變成這樣……」竇芙的心情很沉重。

叩叩！

有人在敲門。

婕婕把門打開，他們萬萬沒料到門外提著水果籃的人竟然是……

「歐陽教練！」三人嚇了一跳。

「嗯，你們好。竇芙，你還好嗎？我聽說你住院了，也知道了整件事情，擔心你，來看看你有什麼需要幫助的。」歐陽教練把水果籃交給婕婕。

「我沒什麼大礙，只是肺炎和皮外傷，就手臂的傷口還沒好……」

「讓我看看你的傷口，千萬不要影響到比賽。」歐陽教練拉高竇芙的袖子，「嗯，還好不是很深，兩個星期後應該就會好了，幸好不會留下疤痕。」

「教練，剛才你說……比賽？」竇芙好像聽到了什麼。

「嗯。我已經查出了真相，知道你是被誣衊。這才發覺原來隊裡竟然發生霸凌的事，而且你並不是唯一的受害者……那幾個女生，校方決定給她們悔過的機會，嚴厲觀察她們的行為。但是，她們將被禁賽，直到觀察期結束為止。而你呢，歡迎歸隊！」

「哇！教練，你是說豆腐人可以回去校隊了？」婕婕激動得跳起來。

「對！」歐陽教練笑著點頭。

「那……比賽……」竇芙的眼睛在發亮。

「是的，你有資格代表學校參加比賽。但是，公平起見，我們將在校內舉辦一場選拔賽，分數最高的選手，將代表學校參加全縣比賽。到時候能不能晉級到全國大賽，那就要看你的本事了！」

「韻律操女神，你一定可以的！太棒了！」婕婕激動得緊握竇芙的手。

「選拔賽……我那麼久沒進行校隊訓練，不知道能勝出嗎……」竇芙在擔憂。

「有一個人會幫你。」

三個人同時轉頭，瞪大眼睛，驚訝地看著說這一句話的婕婕。

46

禮堂中央。

燈光照射在竇芙的身上，她低著頭靜止不動，跪著伏在地毯上，等待音樂響起。

之前校園裡鬧出一連串的霸凌風波，同學們的心裡充滿了不安、頹喪，整個校園就像被一大塊陰霾罩著，陰陰沉沉的，大家的心情都沒辦法開朗起來。

因此，大家都在期待今天的選拔賽，有一種想藉著這場賽事來趕走陰霾的期望，讓往日的朝氣回歸。

幾乎超過半個學校的學生都聚集在禮堂裡，尤其是輪到話題人物竇芙上場的這一刻，更是擠得水泄不通。

宋婕婕也在觀眾群裡，她的內心是悸動的，她的手緊緊地握著一個CD，那是王梓在今早交給她的，上面寫著：「最美的曲子，送給我心目中最美麗的女生，謝謝你。（我的第一首原創曲）」

全場肅靜，音樂終於響起，這是最後一名選手的表演了。

「啊！」

當竇芙的比賽選曲響起時，觀眾群裡引起了一陣騷動。

那優美的《給愛麗絲》曲子，是由小提琴所演奏，琴聲悠揚蕩漾，扣人心弦，很有現場感覺，完全不像是一般用CD所播放出來的聲音。

竇芙隨著音樂舞動，展現出柔軟但充滿力度的肢體動作，無論是一個跳步、一個滾動、一個轉體，她都完美地體現了韻律操的靈活度、平衡力、柔韌性，與音樂融為一體，精準地完成各種高難度動作。

時隔多日，竇芙的技術日益純熟，全身散發很不一樣的魅力，有一種強烈的感覺，啊，那是……蛻變！

這是一首改編的《給愛麗絲》，後半部曲子從優雅逐漸變成急促高昂，就像驚濤駭浪那樣要把所有人給吞沒，而竇芙的動作也越來越快，幾乎超越了人體的極限，一揮手、一投足皆牽動著觀眾的心情。

觀眾們屏著呼吸，不由自主地張大了口，目不轉睛地看著舞者，心情隨著竇芙的舞姿與音樂高漲，心臟因緊張而加速跳動。

竇芙把觀眾的情緒帶到巔峰時，音樂突然停了，她在曲子停止的那剎那也定格在結束動作，昂著頭，雙手高舉。

觀眾回過神後，報以如雷的掌聲，評審們也連連點頭讚歎。

當大家以為竇芙就這樣行禮出場時，只見她站在原地，右手向舞臺的方向伸去，做出歡迎的手勢。

大家覺得莫名其妙的時候，舞臺的布簾拉開了……

「啊，小提琴王子！」

「原來他在幕後為竇芙演奏！」

「難怪那麼……那麼……有生命力！」

「對！對！對！充滿了生命力！」

「這真的是一場充滿生命力的表演，我甚至覺得有重生的感覺！」

「哇，你太誇張了啦！不過，我竟然也有同感！哈哈！」

竇芙踏著輕盈的步伐，離場前揮動高舉的雙手向大家致謝，這一刻，她就像是一隻準備展翅高飛的彩蝶！

王梓站在臺上，輕輕地把小提琴垂靠在他那比較短的左腿旁，向觀眾露出自信的微笑。他終於明白，身體的缺陷根本不算什麼，心理上的缺陷，才是可悲的。

要戰勝霸凌，內心的勇氣是你最大的力量。

後記

霸凌的種類

你在校園裡有被欺凌嗎？你是否被霸凌了，而自己卻不知道？在校園內受到欺凌的學生，一般會翹課、輟學、成績下降、情緒低落，甚至會帶武器到學校。有一些學生會變得非常沮喪，情緒低落，有一些則會有暴力傾向。霸凌對受害者一生的影響非常大，必須嚴正看待。

校園霸凌按照欺凌手段及方式，大致上可區分為以下六種：

一、關係霸凌

關係上的霸凌是最常見，通常是透過說服同儕排擠某一個人，使弱勢的受害者被拒於團體之外，讓他們覺得被孤立。這一類型的霸凌往往牽涉到言語的霸凌，例如：散播謠言或挑撥離間。

二、言語霸凌

這一類的霸凌相當常見，主要是透過語言來諷刺或嘲笑別人，既快又狠，雖然肉眼看不到傷口，但它所造成的心理傷害有時候比身體上的攻擊來得更嚴重，而且言語上的欺負很可能是肢體霸凌的前奏。

三、肢體霸凌

這是所有霸凌中最容易辨認的一種型態，通常會在受害者身上留下明顯的傷痕，包括踢打受害者、搶奪他們的東西等。霸凌者通常是全校都認識的學生，他們對別人霸凌的行為也會隨著他們年齡的增長而變本加厲。

四、性霸凌

這一類霸凌類似性騷擾、性暴力。根據專家的研究，認為「性霸凌」的具體表現行為如下：

A. 有關性或身體部位的玩笑、評論或譏笑，例如：黃色笑話或惡意取外號（波霸、飛機場、矮冬瓜等）。

B. 對性取向的譏笑或是對性行為的嘲諷，例如：男人婆、娘娘腔、同性戀等稱呼。

C. 傳遞與性有關的紙條或謠言：同學之間會流傳關於性的謠言，例如：誰和誰在廁所裡接吻。

D. 身體上的侵犯行為：除嚴重的性侵害外，舉凡觸碰下體、屁股、胸部，脫褲子、掀裙子、偷看同學上廁所或換衣服，都屬於這一類。

五、反擊型霸凌

這是受欺凌兒童長期遭受欺壓之後的反擊行為。面對霸凌時，通常他們生理上會自然地回擊。有的時候被害者是為了報復，對著曾霸凌他的人口出威脅；也有部分受害者會去欺負比他更弱勢的人。

六、網路霸凌

網路科技的發達產生另一種新的霸凌方式——網路霸凌（Cyber Bully）。在網路世界裡，隱匿性高，傳播範圍無邊際，鄉民往往會口不擇言，很容易成為網路世界的霸凌者。網路霸凌行為包括：使用網路散布謠言、留下辱罵或嘲笑的字眼或圖片等。

遭受霸凌的應對方式

保持冷靜沉著

當你一個人遇到霸凌時，要想辦法盡快離開霸凌者。通常霸凌者只是想借機發洩情緒，如果你沒有反應，對方往往不會再糾纏。如果對方突然攻擊或者追逐，你必須立刻向多人的地方跑去。霸凌者總會選那一些看上去比自己弱的人下手，如果你真的避不開，那絕對不能露出軟弱、害怕，你的目光要堅定，保持冷靜，挺直腰，讓他感覺到「我也不好惹」的訊息。

大聲說出來

如果你已經遇到校園霸凌，你覺得這已經威脅到你的人身安全，那你必須說出來，要勇敢地告訴校方（訓導主任、校長、輔導老師或班主任等）及家長，讓他們知道霸凌者是誰，以及整件事情的始末。如果校方遲遲沒有採取行動，家人也不理會，那你就嘗試向其他相關組織求助。這聽起來很複雜，但是只要你堅持不向惡勢力低頭，問題一定能解決。

調整情緒

霸凌所帶來的傷害很大，而且影響深遠。因此，如何擺脫校園暴力帶來的心理陰影是每一個受害者都需要面對的問題。你儘量和平常一樣生活，有必要時，嘗試把心情告訴自己信任的人，藉以抒發不安的情緒。你不要孤立自己，應該多參與社交活動，擴展自己的朋友圈，讓精神更充實，吸取更多正能量，早日擺脫霸凌的陰影。

國家圖書館出版品預行編目 (CIP) 資料

捉「謎」藏／李慧星著. -- 初版. -- 臺北市:
臺灣東販股份有限公司, 2023.12
244 面；14.7×21 公分
ISBN 978-626-379-134-3（平裝）

859.6　　　112018350

捉「謎」藏

音樂一停，鬼就開始抓人囉，躲好喔！

2023 年 12 月 1 日初版第一刷發行

著　　者　李慧星
主　　編　陳其衍
美術設計　黃瀞瑢
封面插畫　陳郁涵
發 行 人　若森稔雄
發 行 所　台灣東販股份有限公司
＜地址＞台北市南京東路 4 段 130 號 2F-1
＜電話＞ (02)2577-8878
＜傳真＞ (02)2577-8896
＜網址＞ http://www.tohan.com.tw
郵撥帳號　1405049-4
法律顧問　蕭雄淋律師
總 經 銷　聯合發行股份有限公司
＜電話＞ (02)2917-8022